數百位網友的千萬感動——

FIRE老板，然後帶著賭錢找尋豬的快樂——好霹靂。我也曾有過那種鬱卒得想逃的念頭，只不過沒那個膽吧！（男，28歲，上班族）

我以為網路上的愛情小說都是看著好玩的，但這竟是一部比我曾看過的任何一部哲學的書，令我「有感覺」的。這是我第一次用留言板，因為你真太了不起了。加油，不要放下你的筆。（男，42歲，工程師）

第一次看到一本讓我微笑著哭了一夜的作品。我想了一夜，只想說，知子真是一個LUCKY GIRL……當然，我更希望，這只是小說，不是真的，要不然就……我想K那男主角。（為什麼作者不肯現身？一定怕被打！）（女，17歲，學生）

希望作者沒騙我，SIWE旅館是真有其地，小鬍子老板是真有其人，而SIWE那很好的一切是真有其事。不管故事是真是假，這部小說，是深深的打動了我，重重的給了我對生命與愛和旅遊的全新省視。（女，29歲，研究生）

●作夢都沒想到豬型男人也能這麼蘇格拉底……（男，36歲，服務業）

●政治是一切生活的基礎，這部小說深刻的白描了這一點。（女，35歲，商人）

●今年最令我感動的作品，一是電影「美麗人生」，另一個就是這部小說，很特別的，這兩部作品都令人笑在嘴裏，哭在心裏的魔力。作者，加油，你出書，我一定第一個搶購，不要中斷，一定要繼續寫哦！（女，29歲，教師）

●並不是所有日本女孩都是「蝴蝶」，而且我保證，絕大部份都不是。（女，30歲，研究生）

●好險，差點被作者騙到我珍珠般珍貴的眼淚，但那樣的結局，比令我掉淚還令我難忘千百倍。（女，19歲，服務業）

●結尾既「狠」又「準」，佩服佩服。加油，國內須要這種高水準的創作作品。（女，28歲，行銷企畫）

●這是真的嗎？（女，20歲。學生）

●巴里島這樣住一個月須多少錢？同學們都在談知子，但我比較喜歡莎莉。告訴我，這是真人真事嗎？是不是巴里島真有SIWE旅館？是不是真有SARI CLUB？（男，19歲，學生）

●曾經，我也在巴里島遇過「日本蝴蝶」，至今心仍是痛的……，唉，我大約就是你筆下的那種豬男人吧！但沒有你那種蘇格拉底的智慧。（男，27歲，空服員）

●是不是跟你和知子一樣猛K存在主義的書，就能讓所有的心痛不痛？（女，22歲，學生）

●驚艷啊！才這麼幾萬字，巴里島的人物、風情、政治、文化全寫進去了，這個作家，我賭他絕對是明日巨星。（男，42歲，自由業）

●如果這是一部書，光是卡薩布蘭加這一段，就值回票價，成立讀友會吧，我要登記第一號。（女，25，學生）

●用下半身做豬的動作，用上半身作蘇格拉底的思考，艾閃，真有你的。加油，一定不能停筆，我們等著你的新作。（男，19歲，學生）

●你真的不會感到內疚嗎？知子何其不幸啊！沒種留真實性名的混蛋！（女，18歲，學生）

●我猜你是日本大導黑澤明的信徒，是不是？是不是？快快現身吧！（女，23歲，學生）

文中提到的「池塘映照著蒼白月色，青蛙噗通跳入了水底」是不是就是芭蕉的詩句：「寂寞古池裏，青蛙跳水聲」？因為我不會日文，只能看翻譯本，請賜教！我非常喜歡你的作品，意境空靈，文字雅俗共賞，真是佩服，是國內難得一見的佳作，不知你的出書時間為何？那裏買得到大作。我想把它當成教材。又，我想邀請你演講，方便嗎？（46歲，女，教師）

我來自雅加達是僑生，我不反對你對我的國家的人民的描寫（也許，這只是真實的記錄），但是，你不能不知道，不是所有的我國的人民都是用這種方法在逃避過日子，我們有很多好的人、肯犧性的人在努力為國家前途而奮鬥……我的同學在看完小說後，問我，我的國家的情況，我只想說，不是所有人都和莎莉一樣。（女，19歲，學生）

我好像進入了聯合國……。（男，22歲，學生）旅遊小說寫到這種地步，真的已經沒話說了。（女，38歲，自由業）

謝謝你，我現在參透了生死的許多事，真的，謝謝，別忘了出書一定要上網告知，我訂十本。（女，31歲，服務業）

／艾閔

我到巴里島自助旅行，內心經歷一次激烈的矛盾與衝擊，返國後隨即動筆寫下這個故事。

我想要說的是，人總有一些責任是不可規避的，如愛情、友誼、寬容、奉獻、犧牲等等；我們也許活得並不快樂，但必須認真的活下去。

此外，如同我在這個故事中所提到的，我在海外旅遊期間，常看到一些自助旅行的台灣的年輕女孩，她們三三兩兩，背著沈重的背包，著T恤、短褲、運動鞋，風塵僕僕，汗流浹背，堅定的走在陌生國度塵土飛揚的道路上，她們那份獨立、自主的精神—尤其是那個具有豐富象徵自主意識的背包，總讓我感動得不能自已。

她們走出去，走在大地上，真實的體驗大地的豐饒，留下自己真實的腳印。

我在此向她們致敬！

至於我自己，我常自詡為「站起來是一棵大樹，倒下去是一塊死硬的石頭。」

我仍以此自許。

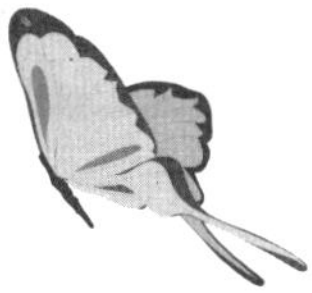

可以說謊 可以愛

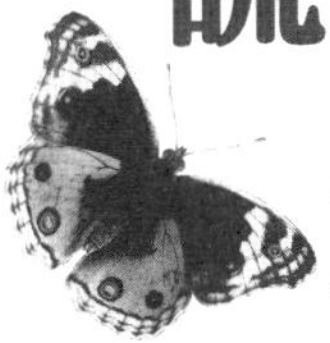

一個自助旅行的大浪漫

背包旅客〈001〉

作者／艾閃

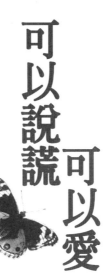

其實，對女人撒謊一向是我的一份本領，而且說一句不怕臉紅的話，我覺得它不但帶給我一些快感，也算是給女人的一種肯定。

這種事我可是沒什麼罪惡感，所以，我對那個日本女孩理直氣壯的說，「知子，我當然是、當然愛妳的！」

時間：一九九九年一月八日

地點：印尼巴里島

Urbu 一家名叫SIWE的

小型廉價的花園旅館

可以說謊
可以愛

一個自助旅行的大浪漫

2 我發明一種生活的角度

因此，我一邊撒尿、一邊就想，如果我在這兒沒有任何角度的話，那麼我何不他媽的發明一個？

那個瞇瞇眼小妹跑來對我說，大老板問我有沒有時間，打算跟我好好的聊一聊。

看她一臉詭異的神色，加上她傳來的是什麼有沒有時間聊一聊等等，我知道該來的終究來了。

「他說的就是什麼『聊、一、聊』嗎？」

「是！」瞇瞇眼緊張的說，眼珠子瞇得快看不到了。

「好吧！」我說，「妳去向大老板回報，說我會給他時間，不過我得先去撒泡尿。」

瞇瞇眼遲疑了一下。「照你的話向他報告嗎？」

「沒錯，照我的話去說，可別漏一個字。」

反正豁出去了！

我當然知道大老板想跟我聊些什麼，也能預料到有什麼必然的結果。有些事，換了別人也許不會出岔子，但是碰上我八成搞砸。有人說這是我艾某某最大的毛病，我自己倒是把它看成一個優點，角度不同罷了！

前一天，我奉小主管之命，跟一位日本客戶談生意。這樁生意談了兩個多月了。我原本看那個日本不順眼，結果兩人話不投機，搞得相當火爆。他罵我一句「巴格牙魯」，我馬上溜溜的回一句台灣土產三字經，也順便把幾天來受一個爛馬子的閒氣以及打羅宋贏了萬把塊新台幣收不到賬的窩囊氣成桶的都發洩出去。什麼什麼呀，他以為台灣還是他們的殖民地啊！

回到公司，我裝著沒事。天也沒塌，地也沒垮，我繼續上網探馬子。小主管終於憋不住了。他跑過來低聲下氣的向我問，跟那個日本老爺生意談得結果如何。

「應該差不多了吧？」他陪著笑臉問，同時用力的搓著兩隻手，搓得好像快要冒煙了。

我據實以告。

他快要嚇昏了。「帥哥，你是不是不想搞下去了。不能把我拖下水呀！」

「搞不好還不一定。」我說，網上出現馬子了。「我不是跟你作對，這得看大老板從什麼角度看事情——就像他經常掛嘴上的，角度是很重要的。」

「他只有一個角度。」小主管苦著臉說。

「我也一樣。」

瞇瞇眼走後，我倒是眞的跑了一趟洗手間。有兩位同事正在那兒鬼鬼祟祟的吸煙聊天，我一露面，兩人馬上閉了嘴。消息傳得可眞快！

「還好嗎？」有個同事開了腔。

「不過是角度的問題而已！」我冷然回答，覺得自己眞的有夠帥。

而當我扯開褲子的拉鍊，掏出寶貝撒尿的時候，那種舒爽的感覺當下便讓我把自己的角度確定了。我們的大老板每次開會，都把角度這兩個字掛在嘴上，譬如什麼這件事站在公司的角度如何如何，那件事站在他個人的角度又如何如何，卻從來沒有聽他提過我們這些可憐的員工應該有個什麼角度。因此，我一邊撒尿、一邊就想，如果我在這兒沒任何角度的話，那麼，我何不他媽的發明一個？

大約過了十分鐘，我揣摩大老板的耐心和怒氣已積壓瀕臨爆破的臨界點，這才一副若無其事的模樣，晃進他那間豪華辦公室。我對這個地方是很熟悉的，原因是我近兩年來，三不五時常常觸犯到他那個僵硬的角度。

一切都在我的預料之中，大老板打開尊口之後，先從那個日本的齷齪腦瓜子切入，隨即轉入他的單方面角度。

「請問艾先生，你是抱著什麼心態搞這種把戲！」一副譏諷的口氣。

我沒回答，誇張的把雙手一攤。

他愣住了。

據我了解，他應該從來沒看過任何屬下敢於在他面前如此表演。我自己呢，其實更覺得新鮮！

他忍不住發火了。「你知道我們對那位日本客戶下過多大的功夫嗎？你居然輕率的把它搞砸！艾大偉，我今天一定要跟你算清這個賬。我倒想麻煩你前前後後給我解釋一下！」

說罷，他啪的一聲，把揑在手上一份準備跟我攤牌的企劃書，用力摔到桌上。

我還沒開口哪，他氣急敗壞的又接上一句。「麻煩你解、解、解釋一下！」氣得吃螺絲了。

我先把兩隻手掌向前一比，做了一個勸告他保持冷靜的手勢。「解、解、解釋什麼？」我也刻意回報他幾個螺絲。「其實很單純，我跟他不對盤，他罵我四個字巴格牙魯，我回一句三字經。這是很公平的！」

「你還不認錯！」他暴跳如雷。

「我有錯嗎？」我頂撞一句。

「好！」他氣得眼珠子快要掉出來了。「既然如此，我不必再說廢話，站在公、公、公司的角度，我不得不下令請你立刻」

「別急！」我打斷他的話。「我猜你的意思是FIRE我。其實不必你開口，我已經決定先把你給FIRE了。你聽得懂嗎？聽不懂吧！」

「什麼意思？」他瞪大了眼。

「你腦筋轉個彎吧！反省反省，琢磨琢磨。拜拜！」

便走了。

走到街上，迎面是滿天滿地白花花的陽光。我長吁了一口氣，覺得自己彷彿剛從一窪泥淖中掙扎走出來。

我從滿懷理想和熱情進入這家公司，不計薪酬，日夜打拼，到變成心灰意懶渾渾噩噩的拖日子，前後整整四年。這位大老板別的本事沒有，消磨別人的志氣可有一套。

我不禁開始責備自己，唉，艾寶寶，你在搞些什麼把戲。憑什麼如此浪費自己的生命呢？

3 嚐試享受豬的快樂

話說「斯斯」有兩種，人類的快樂也有兩類。一是精神上的、蘇格拉底的快樂；一是官能上的、算是豬的快樂。說到蘇格拉底，依我目前的狀況來看，似乎距離越來越遠，純粹是一種生命的浪費；談到豬的快樂，至少在眼下來看，簡直是我生活最大的目標了。此刻，我精力充沛，墮落性十足。讓別人去欣賞蒙娜麗沙的微笑吧，至於我，只想動腦筋如何解開她身上的第一顆鈕釦。

我閒晃了一陣，怎麼都覺得渾身不對勁。大老板被我FIRE掉了，四年的怨氣出光了，但我沒有享受到預期的滿足感。這大概是我們這種小雇員跟大老板的不同之處？我們終究算不上是血腥的殺手。

我暫時無意另覓一份工作——只是想到每天必須急乎乎的趕時間打卡，便覺得頭皮直發麻。更甭提還得不時硬吞下別人的什麼角度的鳥事了。

我每天找人打打保齡球、玩玩羅宋，甚至不惜墮落到陪幾個三十幾歲過頭的鄰居黃臉老太太撿紅點。輸贏不大，總是不愁沒零錢花。這倒是我的天才！不過，我總不能長此混日子。我每天只要回到家，便得面對老媽關切的眼神，更要躲開老爸那一臉的不信任。這也難怪，我平時對他老人家謊話說得未免太多，偶而也太過於離譜了些。

我逐漸感覺非得遠離這一切不可了。你不這樣、便得那樣，必須選擇一條路。而眼前四周的壓力太大，逼得我快喘不過氣來了。

於是，我打了一個主意，私下向老媽挪用了一筆銀子，準備遠走高飛。

往外跑！

這是我多年的憧憬，只是苦於沒有機會。所以，我便告訴自己，艾寶寶，你怎不也發明一個他媽的機會呢？

我揹上一個破舊的大背包，首先衝向免簽証的澳門。我決定獨自蠻闖！拿到老媽的鈔票之後，當天便坐台汽從台北前往中正機場。在機場買機票，劃機位。一切順利！我懷著滿腹信心與冒險的刺激，踏上飛機。其實，到澳門睡在哪兒還沒個底哩！

我抵達目的地後，在街頭上打了一轉，發現到處都貼著一些「特價代訂各大酒店房」的招貼。有些所謂的冷氣渡假套房，僅須港幣一百；高級一點的如「假日」、「富豪」、「財神」等等，也不過三百左右。不過，我選的是頂尖的「葡京」，一宿六百，也不過是台幣兩千多元而已。我自信有辦法賺得到！

招貼上還特別註明：「港、台客六百」「俄、中、澳客八百」。這應該是拜台灣經濟奇蹟——不，也許是拜台灣黑道大哥之賜，才能享受到這份優遇。原因是台客在澳門吃喝嫖賭樣樣來，鈔票好像是自己印的。那些俄羅斯和中國大陸客，則個個錢包乾癟，跑到澳門頂多買瓶眼藥水。葡京是澳門最大的賭、色基地，當然不歡迎他們那種客人。

揹著大背包、穿著骯髒的運動鞋，晃進金碧輝煌的葡京大酒店，對我來說的確是一次新鮮的經驗。意外的是，那些穿著高級套裝、端莊秀麗的女性櫃台服務人員，倒像是對我這種人物司空見慣，她們浮著一臉迷人的笑靨，絲毫未露訝異或怠慢的神色。

我進了房間，臉都沒洗，便往樓下的賭場跑。在酒店內一條長長的商店走廊上，人潮如流。許多打扮妖冶的賣春大陸妹，三五成群，在走廊上晃來晃去，公開招攬生意。

「樓上休息？」一個穿熱褲的朝我連連丟著眼風。

我不理會。通過電子檢查的關卡後，我第一次踏進這個聞名東南亞的賭場。台北賭王艾大偉來也。

我在賭場裏，跟一些爛賭客糾纏了整整一天一夜，才回房休息。

起初是一對一、比大小，企圖速戰速決，但我的手氣太壞，差一點把手上的錢輸乾。這可把我嚇出了一身的冷汗！

然後，我轉往百家樂的賭檯上。那是我的拿手好戲！我小心謹慎，把握勝率，並以最大的耐心和決心應付難關。我了解這是我在澳門、乃至於誇張一點說，可能是我未來不知多少年的一次機會了。兩、三個小時後，我終於恢復舊觀，把原先輸掉的又撈了回來。

我的手氣越來越好。眞像俗話說的，財神爺上門，擋都擋不住。我再度轉到比大小的賭檯，滿懷自信，心情亢奮，下注毫不猶疑。有一次，我連押七次大點，一點也不手軟，居然天從人願。

我知道該是收手的時候了。這才是賭徒的眞本事——該出手就出手，該收手絕不猶豫。

走了。

我大睡了一覺，醒來後才發現已是到達澳門的第三天午後了。我一躍而起，在飯店的走廊上挑了一家小店，吃了一客廉價的雞腿飯——這叫做台灣人不忘本！小店裏也坐著幾個大陸妹，她們趁機跟我搭訕，我也跟她們胡扯了幾句——這算是政治對話！不然的話，我人生地不熟，這張嘴巴除了吃飯還能做什麼用途呢？

錢包裏塞滿著鈔票，人就覺得好像蠻有志氣，對這個世界也更有希望和把握。現在是別人需要聽聽我的角度如何了！

接著，我跑了一趟香港。半年前，我曾奉命到香港接洽業務，手上有一份多次入境簽証，剛好派上用場。不同的是，上一次限於公司的經費角度，兩天一夜，來去匆匆，而且主要是陪客戶通宵打麻將。贏是贏了，對整個香港的印象，卻是只限於一張方方的麻將檯。

這一次當然不同，一切自由發揮。然而，當我站在中環的街頭上，望著眼前如大河般滾滾的人潮，遮天蔽地，朝我無情的迎面撲來，不禁感到心驚肉跳。我從來沒有體驗過身邊有如此多的陌生人。何況，這跟台灣不同。他們沒有誰關心我，我更是完全不認識誰。

這也不是我預期的結果，於是我趕緊逃了。

我盤算再三，決定跑到那個被譽爲天堂之島的巴里島去看看。我對那個地方嚮往已久。根據我所獲知的資料，它是一個正在受到西方物質文明入侵和衝擊的原始島嶼。它是純樸的、也是浮華的；是寧靜的、也是喧囂的；是精神的，也是官能的；到處充滿著矛盾和刺激，倒是挺符合我的欲求及心境。

從我離開台北，快一個禮拜了。在這混亂的日子裏，有一個念頭，在我的腦袋裏逐漸成形。照我這個不上不下、尚未到達而立的年齡，我對生活只有一個確切的渴望，那就是如何活得更快樂。話說「斯斯」有兩種，人類的快樂也有兩類。一是精神上的、蘇格拉底的快樂；一是官能上的、算是豬的快樂。說到蘇格拉底，依我目前的狀況來看，似乎距離越來越遠，純粹是一種生命的浪費；談到豬的快樂，至少在眼下來看，簡直是我生活最大的目標了。此刻，我精力充沛，墮落性十足。讓別人去欣賞蒙娜麗沙的微笑吧！至於我，只想動腦筋如何解開她身上的第一顆鈕釦。

我在想，從這種官能上的享受，大概也許或者能夠找回——不，也許或者大概塑造另一個全新的自我？請不要嘲笑我怎麼會有如此荒謬古怪的想法，你沒有陷入我那種生命的困境是無法理解的。

所以，我就從這個角度出發了。

巴里島之旅，台客倒是跟別的一些強勢國家的人民相同，享受到適度的禮遇。我們不必辦理入境簽証，填一份表格就夠了。

我是從香港直接啓程的，依舊是獨來獨往，全部裝備還是那個破舊的大背包。行前，我蒐集不少有關巴里島的旅遊資訊，並把隨身衣物和用品作了部份的調整。爲了適應巴里島一年四季炎熱的氣候，我丟了不少冬天的舊裝備，也買了一點夏季的新東西——一副太陽眼鏡、一條短褲、一雙拖鞋；外加一個輕便的電壺。聽說巴里島的衛生條件不怎麼好，吃喝不小心會得「巴里肚」；此外，巴里島的雨季也到了，我還需要添加一些配備，不過，有人告訴我那邊的物價很低，便不想再在香港浪費銀子。香港這個地方一向自誇爲所謂的購物天堂，其實跟東南亞其他地方比較，早就是十足的購物地獄了。

元月十五日中午，我在尖沙咀一家小店，吃了一碗消費驚人的過橋米線，隨即搭乘計程車到九龍站，再轉乘「機鐵」前往新機場。這又花掉我接近兩百元港幣，讓我心疼了好半天。香港啊，張愛玲的傾城之戀。再見！

一切手續完備，我順利搭上一班直飛巴里島的空中巴士。機上大約只有五、六成乘客，我原來坐在前幾排的位置，但因後座有幾個日本女孩，嘰嘰喳喳，吵得人心煩，於是在飛機起飛後，我自動換到尾部一個靠近走道的座位。

機艙尾部有些冷清，零星坐著七、八個東方面孔的中年人，他們個個神態拘謹，胸前掛著綠色的旅遊TOUR的標誌。

換到尾部後，整個機艙的情況，一目了然。我發現機上多半是東方面孔，據我揣測這些旅客不外是日本人、香港人、和少數的台灣人。高鼻子洋人的成份則比較複雜，他們可能來自世界各個角落，或者跟我一樣？先到香港玩一攤，再轉到別處落腳，其中更有很多是所謂的背包客。

不過，不管來自什麼地方，他們多半是年輕人，到巴里島的目的也大致相同，每個人的臉上都漾溢著一股輕鬆的心情。

至於那幾個日本女孩，頭髮染得五顏六色，穿著也十分的炫異。大概是屬於所謂的新宿一族吧！我聽說有不少日本女孩，有如散播花粉的蝴蝶，常專程前往巴里島追逐那些渾身晒得黝黑的士著Beach Boy。從他們身上享受一段時間的肉體歡樂之後，錢花光了，再回到日本打拚。據說她們就是喜歡這種自詡爲浪漫的調調兒。

但不知這幾個又是如何？

有個染著黃頭髮的女孩，在她走向艙尾的洗手間時，我看到她甚至穿了一條褲襠幾乎掉到膝蓋的寬大的牛仔褲，有如一個裝滿馬鈴薯的麻袋。不過，當飛機抵達巴里島、我跑到大廳門外吸煙時，卻發現那女孩其實是十足的男人。他站在我身邊，猛吸著一根細而長的香煙，喉部有一個十分凸出的喉結，像乒乓球不停的上下滾動。我不禁好奇的把他打量了一眼，他立刻回我一個冷漠的眼神。這種眼神我在日本人的身上可是看多了。

吸完煙，我繞過他的棕色大背包，準備返回大廳時，向他客氣了一句。

「抱歉！」我用英語。

他不理會。嘴上叼著香煙，雙手插在那個裝滿馬鈴薯的麻袋內，眼睛漠然瞄著天空。

打不敗他！

4 邂逅是一個心碎的前兆

「我是明司知子，日本京都人。」她說，接著是日本女性跟別人初次會面的一句又長又動聽的客套話，聽得我全身幾乎融化了。

飛機還沒停妥，便有幾個人忙著打開艙頂的行李櫃取行李，完全不理會空服員的勸告。這是旅途上常見的現象——還有些旅客彷彿害怕佔不到座位，爭先恐後的搶著往飛機上擠哪，遇到這種令人困惑的場面，你不必多費腦筋，八成是又遇到咱們可愛的台灣同胞了。

我遭遇過幾次這種狀況之後，便不管是上機、下機，都讓自己留在尾巴上。這麼做其實輕鬆多了。如果行李櫃裏找不到空位，便乾脆把那個大背包交給空服員處理。也省事多多！

我照舊留在後面，沒有托運行李，我逕自通關。在檢查行李時，一位滿面陪著笑容的瘦小的印尼官員，用手指輕輕捏了捏我的背包，居然用日語對我十分體貼的說：「什麼都沒有！」完全是一副肯定的口吻，像在是在替我作保了。

我一時沒反應過來，也跟著用日語回了一句：「什麼都沒有！」

我不禁想起在飛機上的情形，那些空服員也是把我當成日本人看待。她們每次有什麼服務，都直截了當的以日語跟我溝通。這讓我感到有些沮喪！好像住在台灣的那個「巴格牙魯」，如同鬼魂一般，即使我跑到天涯海角，也擺脫不掉他的糾纏。什麼什麼呀，我希望不會再發生更新鮮的事情。

走出機場海關後，在大廳的左側，有一排大約四、五間兌換印尼RP的店面。這種商店跟港、澳一樣都是私人經營的。而店招上除了使用英、印文之外，另外是非常醒目的日文「兩替」二字。兩替者，兌換之意也。中文是看不到的。看來日本人眞的非同小可，否則我的行李可能不會那麼容易過關。

我換了錢。在印尼經過金融風暴以及政治動亂的肆虐後，幣值大貶。我不過兌換一百美金，居然變成身懷百萬RP的大戶了。

我在大廳外的走廊上，吸著第二支煙，並考慮著下一步該怎麼走。資料上說，旅客應該盡量選擇搭乘藍色計程車，它裝有計程表，另加小費，大致上不會吃虧上當。然而，我沒有看到那種車輛。我走在後面，可能都被搶光了。

那幾個跟團的中年旅客，坐上接機的白色箱型車走了。日本女孩也已不見蹤影，幾個背包客則似乎胸有成竹的消失在廣場的另一端。

天氣悶熱，街燈亮了。

廣場上擠滿著來來往往的人潮，其中一部份是似曾相識的同機的旅客，混雜著小販和司機來回穿梭的身影，並不時傳出叫賣的吆喝聲。

我揹上大背包，準備走向廣場的另一端，打探一下附近的情況——說不定暫時就在附近住上一宿也好。

然後，我聽到身後傳來一個女人微弱的喊聲：「先生……」

又是日本話！

不會是喊我吧！我轉回身，看到身後不知何時出現一個女孩，坐在一隻可以拖動的紅色旅行箱上。她渴切的望著我，又喊了一聲。

我沒開口，向她做了一個詢問的表情。

「先生，請您幫忙……」她有氣無力的說，臉上露著痛苦的表情，好像快要支撐不住了。

我的第一個反應，是想找警察協助。我望一下大廳內，看到兩個靠在牆邊談笑的印尼警官。我想走過去求助，她把我制止了。

「不……我……」她喘息著，下面的話都化成一聲呻吟了。

「那麼妳……」我猶豫著。

「我不要緊的，只是請您送我到一個地方。拜託！」

「妳一個人來的嗎？」

她點點頭，勉強站了起來，又頹然坐下去。我望著這個陌生的日本女孩，她整個給我的印象，就像一隻被暴風雨打得渾身濕淋淋的受傷的鳥兒。

或者是蝴蝶？

我簡直無法相信，好像眞的出現更新鮮的事情了。

這太荒謬了！我從台灣到澳門，繞過香港，跑到巴里島，一路上被各路人馬誤認做日本人。剛下飛機，居然又遇到一個向我求助的日本女孩——絕對看不到凸出的喉結；她沒有罵我「巴格牙魯」，我當然也不能回一句什麼什麼。看情形

我是暫時無法脫身了。

這豈不十足是電影上的故事嗎？我不禁暗暗地想，我難道是在巴里島出外景嗎？

顧不得什麼顏色的計程車了。我根本就沒看到計程車，於是，我又揹上大背包，一隻手拖著她的行李箱、另一隻手挽著她的手臂，向廣場的另一端走去。

「妳能走一點路嗎？」

她對我吃力的擠出一個笑容。

我們終於搭上一輛黃色的、或許是綠色的計程車。一上了車，她便像一堆破布般撲倒在我身邊了。

「妳到什麼地方？」

她搖搖頭。

我驚訝的瞪著她，看來我的預測跟事實還有相當的距離。我們上演的可能不是九十分鐘的電影故事，而是一齣拖拖拉拉沒完沒了的台灣版連續劇。

「妳怎麼搖頭呢？」我有些煩躁了。「總應該有個……有個……」

「Ubud吧！」她說，也不怎麼肯定。

Ubud嗎？我知道那個地方。它可說是巴里島的藝術殿堂，也是一些畫家、作家、知識份子、尋求解放者（不管是解放什麼）、背包旅客（當然）、嬉皮（到處有）、毒蟲（遇縫插針）乃至於——其他無法歸類的人物的一個匯集之地。這可不是我想去的地方。我心目中的天堂是島上另一個名叫KuTa的地區。我可不是跑來跟蘇格拉底那種無趣的人物搞對話的！

天色更暗了。

「Ubud嗎？走！」我通知司機。車子疾馳而去。

直到此刻，我方才有機會仔細打量身邊這位女主角。藉著街道上微弱的燈光，我只能看到一個大概的輪廓。她繼續踡伏在座位上。我看到她臉部的側面，是一種有如瓷器般白晰的皮膚，以及一個非常精緻的鼻子。

我倒是蠻喜歡那個鼻子。

不久，我發現有一雙深如潭水般的黑眼睛，也在向我打量著。

「Ubud的什麼地方？」我又問。

她避開我的話題。「你是東京人嗎？」

我沒有回答，也許我是蒙古人、韓國人、香港人……讓她也傷點腦筋吧！

「唔，其實無關緊要。」她又閉上了眼。

我終於懂了。這個日本女孩跟我一樣——也許更膽大包天，渴望獨自跑出去看一看外面的世界。她當然不是開除大老板一類的人物，恐怕也沒有我的賭博天才。可惜天不從人願，半路上身體挺不住了。大概是腸胃不適、或是MC不調的毛病？

車子跑了好久好久，我才發現那個司機沒有按下計程錶。我知道在慌亂中上了當了。

我開始跟那個狡滑的司機討論車資。兩人在言語上溝通不良，其實也是話不投機，後來，他似乎刻意說他的土話，我乾脆用我的家鄉語言，雞同鴨講，都摸不透對方的底細。日本女孩則始終未曾插嘴。她冷漠的一旁觀戰，十足像是局外人。

她現在看起來精神好多了。而當我跟司機往後發生激烈爭吵的時候，她甚至顯得有些嫌厭，打開車窗，燃上了一支讓我眼熟的細而長的香煙。

這次爭吵的結局是：我付了司機十二萬印尼RP，他在一條黑黝黝的路上把我們趕下了車。

「Ubud到了！」他兇巴巴的說。

我們站在路旁，茫然四顧。日本女孩則直盯著我，她臉上的表情，好像在迷惑的檢視一種什麼剛上櫃的蔬菜。

「妳始終沒有幫腔！」我不滿的說。

「我沒有。」她簡單的回答，又坐到行李箱上，繼續吸那支香煙。

如果是拍連續劇的話，這應該是製造另一場衝突的起點。不過，我硬把它吞

下肚了。我覺得時間不對、地點不對。還有，吵架的對象也不怎麼合適。

「你剛才講的是什麼語言？」她突然問。

「我媽媽教我的語言。」我繼續發洩內心的不滿。

她聳聳肩，把煙蒂丟到地上，用腳踩熄。她不再開口，彷彿剩下的麻煩都是我的責任了。

這條路相當荒涼，向前望，只隱約看到零零落落幾處民舍，和遠處一大片濃密的樹林。我懷疑那個司機是不是眞的把我們載到Ubud了。

沉默許久。

「我知道你在生我的氣。」日本女孩突然又開了口，口氣顯得非常溫柔和體貼。「不過，你如果仔細計算一下，這個車資其實比香港便宜很多，更不能跟東京相比了。還是包容一點吧！」

「我的錯？」

「你別忘了我們是觀光客，必須在心理上有一種隨時會吃虧的準備，我在南美洲遇到過比這更惡劣的事情。」

「妳在外面都是心甘情願吃這種虧嗎？」我頂她的話。「那上面有車錶，他這麼做是違法的。」

「我還是認爲心平氣和一點才好。」日本女孩又掏出香煙，想想，卻又放回袋內。「這是我的旅遊哲學，不然我們也許……」

「對，都怪我搞砸了。不然的話，妳可以沖個澡上床休息了。」我說，其實也覺得跟事實差不多。「我管了閒事，吵了架，付了錢，還冒犯了妳的什麼哲學——」

「先生，這筆車資應該由我支付的。」她打斷我的話。「對不起！請你不要爲我這句話生氣，我只是在解釋一個現實，我對您是非常的誠懇和感激的！」

她抬頭望著我，那一潭水似乎流動著一圈圈波光，而且立刻把我淹沒了。我的心軟了下來。日本女性的那種繁瑣、卑微的語法和語氣，我必須承認，沒有哪個男人、尤其是其他東方男人能夠硬起心腸抵擋的，我只能認輸了。

「我不是跟妳計較——」

「當然！」她高興的說，「我們下一步該是怎麼找個住的地方。你跟我一樣沒有預定酒店吧！」

「你猜到了。」

「我到過很多地方。」

我決定沿著那條路向前走，遠處那幾家民舍，從濃密的樹林中，閃著點點黯淡的燈火。這讓我想起另一件事，巴里島的燈火都很暗，但並非電力不足，而是出於宗教上的信仰。他們認爲太亮的燈火對神明是一種褻瀆。

「走吧！」我伸手把她扶起來，同時感覺到她全身幾乎輕如羽毛，風一吹便會飄走似的。我不自覺的把她抓得緊了些。

「妳能走路嗎？」

「也許走慢一點。」

「哦，我們都還沒機會請教對方的姓名。」

「我是明司知子，日本京都人。」她說，接著是日本女性跟別人初次會面的一句又長又動聽的客套話，聽得我全身幾乎融化了。

我對京都那個地方很有好感，它是一個歷史悠久的古城，具有日本傳統文化的特色。在日本，說到京都，便有所謂「文化鄉愁」的概念。它跟粗鄙的東京相比，眞是有著日本人所說「雲泥之差」的。

「艾大偉，台灣台北人。」我說。

4 SIWE主人那很好的一切

「是的，十五萬RP。」小鬍子肯定的說，「這是很好的價錢。住一晚、十五萬！」

我迅速在腦海中計算了一下，大概是六百多元新台幣。我同樣想唱起讚美的詩歌了。巴里島啊，天堂！

明司知子留著短短的頭髮，她的身軀嬌小、纖柔，頸部繫著一條很別緻的黑色絲帶。她一路上不時低頭沉思的模樣，總像是懷著一些難解的心事。不過，我可懶得理會。這個晚上的一切遭遇，完全出乎我的掌控之外，讓我在心理和肉體上都感到特別的疲累。

大約走了五分鐘，她要求停下休息。

「在這種地方坐一坐眞好！」她抬頭望著繁星密佈的天空。

「妳很有詩意。」我嘲諷的說。

她望我一眼，沒有回答，臉上浮現的又是日本人那種冷漠。

這時，有一輛卡車同方向駛來，我連忙跑到路中間頻頻揮手，司機卻不予理睬，疾馳而去。

我失望的大聲罵了一句。

然後，有一輛摩托車亮著遠燈，噗噗的迎面駛來了。我還沒招手，對方便自動的停下來。

「哈囉，找酒店住宿嗎？」那男人問，操的是生澀而怪調的英語。大概是印尼腔外加澳洲腔的混合體吧！

「是、是。」我大喜過望。

「走吧！」他說，做了一個好像在揮鞭驅趕牲畜的誇張的手勢，接著，他卻匆忙的把摩托車推到路旁一棵樹後，空著手走了回來。

「走、五分鐘。」

「你是什麼人？」

「我是酒店的主人。走，五分鐘。」他重複著那句話。

「你的摩托車呢？我們需要它。這位小姐累了。」我怕他聽不懂，一邊說、一邊指手劃腳的向他解釋。

他好像也了解自己那種粗糙的英語無法解釋清楚，便一會搔搔頭、一會踢一踢腳；指一指樹後的摩托車，在空中揮一下驅趕牲畜的鞭子，又跺一跺腳。

他嘴上留著一撮小鬍子，上下跳動，越發把局面搞得有些混亂。

「走，五分鐘。車子，不！」他搶著提起我的大背包。「你、你的漂亮的情人，走！很好的房間，五分鐘。」

又碰到新鮮的事情了。這應該是一段橋劇吧？走、五分鐘。他不斷的向我催促，而我根本無法向他解釋自己的難題，心裏也懷著一股不安和懼意。

日本蝴蝶則繼續做局外人。

「妳覺得這個人可靠嗎？」我很猶豫，誰知道在這麼荒涼的地方還會遭遇到何種可怕的事情。

知子居然咧嘴在笑，並且露出半個圓圓的可愛的小舌頭。

「走，五分鐘。很好的……」她模仿那個小鬍子的怪腔。

那麼走吧！其實這是眼前唯一的選擇了。

小鬍子替我揹起那個大背包，一手拖著知子的行李箱，帶領我們往前走。看起來他真有點力氣，不過這徒然讓我更增加一份警覺。在黑暗中，我牽著知子的手，跌跌撞撞，盡量走在他的身後，並保持一個適當的距離。

走沒多遠，他忽然向路旁一閃，轉入一條小徑，前面都是農田和雜草了。

我恐懼的停下腳步，想一想，鼓動了一下自尊心，又跟上去。五分鐘過去了。我們仍舊摸黑走在田梗上，不過，我開始了解他當初爲什麼丟下摩托車，以及在地上不停的踢腳的意義。這也許是一條捷徑？夜間根本無法騎車。

我越來越擔心，好幾次打算丟開小鬍子回頭算了。我望了知子一眼，她卻坦然的跟在身邊，絲毫不以爲意。眞是讓人難以了解的一個謎！

又走了五、六分鐘，我忍耐不住了。

「酒店主人，這是你說的五分鐘嗎？」

小鬍子停下腳步，轉身對我傻笑。滿嘴都是白森森的牙齒。

「前面、到了。我是酒店主人，不必怕害。走，很好的房間。走！」

「我沒看到。」

「看到、看到。」他指一指左方一片樹林。「走、不用五分鐘了。」

「不會是我們的墳地（grave）吧！」我自我嘲解的說。

「什麼？不，沒有砂子（gravel）。很好的房間。」小鬍子大笑。「你、你的漂亮的情人，快樂、快樂。走！」

我們終於到達目的地了。那是一幢民舍改建的所謂花園旅館，看來它十分整潔，環境更是不能再挑剔，不過，我們都沒有心情欣賞了。

走進一個小小的廳房後，知子噗通一聲坐到一張沙潑上，不停的喘息。

「沒有冷氣嗎？」我用面紙擦著臉上的汗水。

「有、有。」小鬍子的鬍子上下跳動。「你們的房間、有。大廳、吃飯時間有。你們都有、很好的房間。請、護照。」

他走進一個小小的櫃台。我把護照交給他，轉身準備向知子拿護照。

「不、先登記一個人夠了。休息、休息。洗澡、吃飯。明天、明天辦。」

「我們要兩個房間。」我說。

小鬍子當然聽不懂，伸出兩個手指。「兩個、房間？」

「是。」

他猛搖頭。「一個房間、只有一個房間、很好的房間、很大的房間。你、想看一看？走！很好的、很大的房間。」

「只有一個房間？」

「是、一個很好的房間。」

「這附近，」我做一個手勢，「還有別的酒店嗎？我們需要兩個房間。」

「一個房間。」小鬍子不理會別的問題，堅持己見。

我不知該怎麼辦，回頭看一下知子，她正在笑，又露出半個圓圓的可愛的小舌頭。

「兩個房間。」我堅持說。

小鬍子揮起了鞭子。「你們、你、你的漂亮的情人，吵架嗎？噢，很不好。吵架！」

我被他折磨得快要發瘋了。

「好吧、一個房間。」知子走過來了。「你的房間是雙人的嗎？是——」

「噢、很大、很好的房間。」小鬍子面對漂亮的知子，彷彿唱起讚美的詩歌了。「妳，很快樂的。很大的床、很大。漂亮的小姐，妳像月亮那樣的動人。」

我的天！

「幾張床？」我插嘴。

「兩張、也是一張。」小鬍子快樂的說。

我懂了。這是說，那大床是兩張小床合併的。如果我們被迫住同一個房間，至少可以分別睡一張小床。

「那麼，漂亮的小姐、請拿出護照吧！」小鬍子大概覺得事情有些複雜，變得公事公辦了。

知子從腰包裏拿出護照，放在櫃台上。小鬍子先打開她的護照，一邊看、一邊長長的讚美的「哦」了一聲；接著又打開我的護照，一邊看、一邊卻驚奇的瞪大了眼睛。

「日本！」他尊敬的看看知子，又怪異的看一看我。「台灣！」

我沒回腔，聳聳肩。這件事，尤其不是用言語能夠向他解釋清楚的。

「您好！」他突然冒出一句華語。我驚訝的瞪著他，幾乎快樂的喊叫出來。我怎麼也沒想到在這個地方居然有人用華語向我問候。

「你是華裔嗎？」我問。

「我吃飽了。」他說，完全答非所問。我立刻明白，他僅僅是學過幾句寒暄話，只怕越說越會牛頭不對馬嘴了。

我轉問知子。「怎麼樣？他好像的確只有一個房間。妳覺得妥當嗎？」

「我們不是在旅行嗎？」一副理所當然的口吻。

我鬆下一口氣。她說的對，像我們這種年齡的遊客，甚至常常男女混雜睡通鋪。不過，一男一女究竟有些不同吧！

「一晚、多少錢？」

「十五萬。」

「十……什麼？」我一時沒反應過來。

「是的，十五萬RP。」小鬍子肯定的說，「這是很好的價錢。住一晚、十五萬！」

我迅速在腦海中計算了一下，大概是六百多元新台幣。我同樣想唱起讚美的詩歌了。巴里島啊，天堂！

「好吧，不過我們要看一看房間。」我說。

「很好的房間。」小鬍子簡直是驕傲得無法自制了。「很大、很公道的價錢。十五萬RP、一晚住宿。早餐、早餐、你知道嗎？免費的早餐。你們、一定會快樂的。」

「不！」知子突然插嘴。「如果住一個禮拜，你的很好的價錢是可以減的。我們也許住更多時間，兩個或三個禮拜。我知道你應該減少，你有更好的價錢。」

她怎麼突然變得精明起來了。我看看她、她也看看我。然後，她甜蜜的笑了。

小鬍子顯然沒料到知子會使用這一招。他好像受到極大的侮辱，那條無形的鞭子高舉在手上。

「妳給我……什麼好的價錢？」他問，兩個眼珠子不停的左右滾動。

「好的、五萬！」知子斷然說，這讓我差點把胃裏僅存的一點食物都吐出去。

我扭開臉，不敢看那個小鬍子。我眞怕他一時按捺不住，會發脾氣把我們再趕回那條黑黝黝的路上。

一秒、兩秒、三秒……

小鬍子終於開口了。

「十四萬！」他痛苦的說。

「六萬，很好的。我不會再加了。」知子堅定的說。

又是一陣沉默。

「加一點啊！」小鬍子在絕望的吶喊。「十萬！我也不能再減了。很好的價錢。很大的、很快樂房間。早餐、早餐、早餐、早餐，免費的、熱的咖啡、熱的麵包。日本人、都有好的良心。十萬！」

「八萬！」

「還有冷氣的消費呢？錢、錢、錢啊。」

「八萬，另加小費。」

又是一陣難堪的沉默，我緊張得快要倒下去了。

「好的，八萬、還有小費。很重要的小費。」小鬍子呻吟著。「妳打算住三個禮拜嗎？這是很好的價錢了。」

我終於噗通一聲跌到沙發上。

「也許住一個月。」知子說。

敲定了。

「我帶妳上樓看房間。一個月嗎？」小鬍子又興奮起來·「很好、很好的一個月。漂亮的小姐，妳有很好的良心。噢，日本人太聰明了。不要忘記小費，走吧！」

那個房間眞的不小，沒有什麼設備，不論床、桌、椅，都是原木的，非常樸實、乾淨。而唯一的點綴，是牆上掛著一幅油畫。一個土著年輕婦女，頭上頂著好大的一個物件，輕盈的走過田間，臉上浮著一抹溫暖的笑意。

更令人驚喜的是，這房間擁有一個很大的私人陽台。我推開窗，在星光下看到陽台上下百花爭豔，再往前則是綠野、山丘、樹林，和一條彎彎曲曲的溪流。

讚美的詩歌怎麼唱？我眞後悔自己沒有學習過。

「很好吧！」小鬍子把雙手交叉胸前，那副神態簡直是倨傲無理了。

我必須承認他是對的。

「那末，我們談一談，該收房租了。」小鬍子收起笑容。「VISA，不！

RP、美金、日幣、新台幣，是的。」

「新台幣？」我嚇了一跳。

「是的，我們收取一切好的現金。」小鬍子堅決的說，「還有，不要忘了小費。」

5 在處女座光環的照耀之下

置身在異鄉的旅途上是什麼禁忌都可以打破的，我能體會那種解放的快樂和心情。

我們沒有使用房內的窗型冷氣機，原因是它不但發出震耳欲聾的響聲，而且製造一種類似地震的特效。

我打開窗，坐在陽台的竹椅上。夜風習習，蟲聲唧唧。外面黑暗的世界，在一片混亂與不安中，依然遞送著生命的和平的信息。

我凝視著遠方，幾顆流星忽的劃過天空，墮入黑暗的深處。這一切令我深受感動！我從家鄉跑到這個遙遠而陌生的國度，原本是想爲自己尋找某種答案——不，也許該說是解決一個迷惑。我不知未來會收穫些什麼？不過，我確知眼前我的肉體和精神都陷入一種近乎麻痺的狀態。

我了解這是我生命中一個重要的轉捩點——不祇是如何抉擇而已，而是必須對我的肉體和精神的深處，做一番自我的探索。

我們把一切住宿手續辦妥之後，回到房內，知子什麼話也沒再講一句，便和衣倒在床上。她看上去的確撐不下去了。

不久，我聽到知子發出沉重的鼻息。燈熄了。我本想進入浴室，把渾身的旅塵沖洗乾淨，但又怕打擾她的睡眠，考慮再三，決定放棄。

半夜裏，我忽然覺得被什麼驚醒過來，卻看到知子靠在床頭上，用一隻特製發出光亮的原子筆，在書寫什麼東西。

我想坐起來，試了一下，覺得全身酸痛，於是翻一個身，面對著她。我們分別睡一張小床，知子是在靠近浴室的地方。

我悄悄對她望著，沒有開口。我幾乎看呆了！隨著她手上晃動的那點微弱的亮光，我看到一個朦朧的迷人的影像——長長的睫毛、精緻的鼻子和柔軟的唇部。噢，不止是這些。在此之外，整個房間也都似乎因她而散放著溫暖的氣氛。

知子忽然停下了筆，看我一眼說，「我正在處理我們之間互動的問題。」

「什麼互動的問題？妳給我寫信嗎？」

「不，做一些表格而已。」她收起紙筆，又睡了下去。「晚安，明天見！」她輕聲說。

我躺在床上，翻來覆去，不能成眠。那幾句難解的話，可給我製造不小的困擾。我想不透我跟她之間需要什麼表格、乃至於以此解決雙方什麼狗屎互動的問題。最後，我在不可抑制的睡意中下了結論：套用這個女日本的語言和邏輯，我想，她絕對是很「巴格牙魯」的！

早上醒來，滿室陽光。牆壁上那個土著婦女，也在陽光下向我展露她那很迷人的微笑。

我的心情十分愉快，巴里島第一個快樂的日子揭幕了。

知子不在房內。

她床上的枕、被和一套睡衣，收拾得整整齊齊，並且散發著一股淡淡的女性的體香。大概是處女座！

不過，旁邊這個空洞的床鋪，卻使我心裏感到不能適應。如果你住的是一個單人房間也就算了，然而，如今你跟一個女孩同住一個房間，卻面對著一個不能交談的空的舖位，總覺得房內好像少掉一部份重要的什麼似的。

我的興緻指標立即大幅的落下去了。

我看了看手錶，七點十分，該到大廳吃早餐了。小鬍子說過，早餐是六點至九點，免費供應，逾時不候。這似乎刻意跟我們這種旅客爲難；六點至九點？也許大家在外面瘋了一夜剛要上床哩！

我必須先洗一個澡，身上快要發臭了。我找出一些乾淨的衣物，赤腳跑進浴室。巴里島的各級酒店，一向不供應開水、不提供拖鞋，甚至如同這家所謂的花園旅館，連毛巾、牙刷、牙膏、香皂等等盥洗用品，一概由旅客自行負責。

浴室的面積不算小，遺憾的是，它只具簡單的沖洗設備。有一個空無一物的洗面檯，以及一面窄小的鏡子。

洗面檯的左上方，掛著一個長方形的木櫃，大概是提供旅客放置日用品的。

我想打開蓋子，卻發現上面貼著一張紙條，寫著幾行秀麗的日文。

「請勿打開此木櫃，此乃知子放置女性用品的地方也。」

大意如此。

我忽然省悟，知子所謂解決雙方互動問題的表格內容是些什麼東西了。

我覺得很不愉快，如果照日本人的觀點來看，她太任性了。她沒有採用留言的方式，而是用一種近乎公告的斷然的口氣。根本沒跟我打過商量，甚至連一個「謝謝」的字句也看不到。

我望著那個紙條，心中怒火大燒。不准打開嗎？我偏要試試看。在一陣不可理喻的衝動之下，我打開那個木櫃。

我沒看到什麼足夠讓人臉紅的隱私。木櫃上下隔爲兩層，上層放的是一些瓶瓶罐罐，應該是藥物和營養丸一類的東西；下層是盥洗用品。

擺得整整齊齊，揩得一塵不染。當然是處女座！

我洗完澡，下樓吃早餐，沒看到知子。早餐是在大廳吃的。小鬍子在角落上擺著幾張大圓桌和一具飲料自動販賣機，並做了一點簡單的區隔，算是餐廳。

其實它只供應免費的早餐，或者其他時間付費的各種飲料。另外，它也算是提供一種房客之間互動和交誼的功能。此地的房客多半是自助性的旅者，有不少人常會住上個把月才走。時間久了，面孔熟了，碰了面無話不談，甚至交成朋友乃至於發展一段異鄉短暫的戀情，司空見慣。

早餐很簡單，一份麵包、少許果醬、以及巴里島特有的沉澱著滓渣的熱咖啡。倒也夠了。

這天早上八點多，幾張圓桌分別坐著四、五位房客。沒有看到東方面孔，大多是美國、澳洲、法國和兩位表情嚴肅的德國人。

有兩對是年輕的情侶，其中有一對乃是男性。這兩對情侶在進餐時，都相當大膽的互相訴說一些挑逗性的情話，兩位男士甚至咂咂有聲的公然熱吻。置身在異鄉的旅途上是什麼禁忌都可以打破的，我能體會那種解放的快樂和心情。

小鬍子親自照料餐廳。我後來了解，他一人身兼數職，包括旅館主人、大廳經理、會計、導遊、甚至負責部份清掃的工作。廚房是他的兒媳掌理，老婆管農事，兒子整天坐在街邊的聊天亭裏，跟別的男人說長道短，正事不幹。據說這才是巴里島上正統的最有價值的男人。聊天、瞎混！

這家名叫SIWE的花園旅館，是小鬍子以自己的住宅改建的，只有八個房間。但是，它的邊際效用的範圍不小，包括旅館外的花園、山丘、溪流，甚至有一個私人博物館。小鬍子把自己平常蒐集的一些奇奇怪怪的玩意，雜亂的擺在幾個木架上。那些東西包括二次大戰期間日軍的頭盔、軍服、砲彈殼、兩具非洲骷髏頭、形狀怪異的煙斗、裸女照片、春宮木彫、和服、神像、爬蟲類標本、幾本梵文經書、甚至還有背包、刮鬍刀、女人絲襪、登山靴等等。

據小鬍子說，有些東西是旅客忘了帶走的，擺在那兒具有「失物招領」的正面的道德意義。

參觀要收門票，每人是一萬RP，尚不足五角美金。據我了解，這家旅館的房客們，在小鬍子的軟性攻勢下，抱著好奇的心態，加上門票便宜，大都會跑上一趟，而爲小鬍子增添一份額外的收入。當然，他們最後都是哼哼唧唧失望而返的。

吃完早餐後，我選了一個靠窗的位置，靜靜的吸著香煙。仍未看到知子的人影！

那兩對戀人都上樓去了，另外幾個人在傾聽一個澳洲胖子高談闊論，他正在解釋巴里島人的家庭的什麼現象。

「他們男人什麼正事都不做的，養家的責任完全推到老婆頭上。」澳洲胖子憤憤不平的說，「你能夠想像嗎？『眞的是在頭上！』你到外面走一趟就明白了。男人在路邊的亭子裏談鬥雞、說是非。女人呢？頭上頂著幾十公斤的東西，從他們面前吃力的走過去。有時一個不對還挨打哩！」

後來，小鬍子忽然跑到我身邊來，主動跟我搭訕。

「你的冷氣、很好吧！」他說。

我以爲這是在說一個笑話，不過，看到他一臉認眞的表情，我不忍心抱怨了。總共才八萬RP！不知是否受到知子先前那一番話的影響，我的確覺得對他有些虧欠了。

「很好、很好的冷氣。」

「房間呢?」他又驕傲的問。

「很好的房間。」我不想再跟他嚕嗦，隨著他的話吹捧下去。「很好的花園、還有很好的價錢。你也很好，很有良心。」

小鬍子的鬍子又開始上下跳動了。

「台灣人也是聰明的人!」他誇獎說，接著便壓低了聲音。「你的漂亮的情人上樓了?她、很漂亮、也幫你拿到很好的價錢。」

我想這才是他跑來跟我搭訕的主題，總而言之，他需要我再多多給他一些兒讚美。

「很好的價錢，你、很有良心。」我說，接著還是忍不住用華語向他嘲弄了一句:「你吃飽了嗎?」

「哦，吃飽了嗎?」他的眼珠子左右滾動。「啊，吃飽了。謝謝!很好的、早餐。」

知子仍未現身，這使我感到擔心。我不想再跟小鬍子糾纏下去，起身想往樓上走。

小鬍子把我拉住了。

「你的漂亮的情人、不見了嗎?」

「你看到她？」

「我沒看到，很漂亮的情人，日本情人。哈哈！」

「她不是我的情人！」我口氣生硬的說，「不是，不是情人。」

小鬍子愣了一下。「你們、一起走！」

「她不是我的情人。」我不甘願的向他解釋。「你知道、兩張床。你知道啊！」

他想了想，忽然在我面做了一個全球各人種共通的猥褻的手勢。

「你們、沒有嗎？」他惋惜的說，一邊繼續做著那個手勢。「很漂亮的女人、很漂亮的日本女人呀！唉！」

我差點想揍他一拳。

「沒有，沒有那件事！」我斷然說，把他那一雙骯髒的手掌擋開。

「你說笑話。」他不相信。

「你就是一個笑話。」我火大了。「你不能、說一個別的？你的老婆呢？你只管跟我說是非，老婆在拚命做工嗎？」

「當然！」他嚴肅的說。我看得出，他跟我一樣對某些事缺少罪惡感。不同的是，我是撒謊，他說實話。認真比較的話，我必須承認他要比我高尚多了。

我忍不住嘆了一口氣。「主人，再見。我想上樓了。」

「請！代我、向你的漂亮的情人問候！」小鬍子在我背後喊。「你們、請一起參觀我的博物館。」

我們那天夜裏能夠遇到小鬍子，其實是一件非常偶然的事情。據說小鬍子平時很少離開自己的旅館，他是跑到另一個村莊，跟一個多年不見的朋友說長道短才走那條路的。

小鬍子說那絕對是一個奇蹟，我和知子也認爲的確如此。

6 擺脫一切不快樂 甚至是快樂的束縛

你在使用另一種語言的時候，你就會有這種感受。尤其在旅途上，你會覺得變成一個非常自由獨立的、沒有任何束縛的人物。而束縛並不一定是不快樂的，也包括快樂的。總之，從這時起，你不再是任何什麼的奴隸了。

我回到房中，知子仍未出現，房內依然浮動著那股淡淡的女人的體香。

我坐在床邊發呆，一時不能決定該如何安排這一天的行程。想著想著，又感到一陣濃重的睡意，便仰面倒下去了。

不知睡了多久，再醒來時，我聽到浴室內隱約傳出水流的聲音。我忽然感到心情非常緊張。我不能確定當她走出浴室那扇窄門時，該向她說些什麼。到現在為止，我們之間其實尚不能算是正式會面，整個過程太混亂了。

說早安嗎？太遲了。向她問好？似乎也不恰當。喂，妳跑到什麼地方去了？這有如刺探，何況我根本無權過問，也不應該把麻煩硬往自己身上攬。不過是勉強湊和一起的室友而已！也許冷淡一點比較好，或者，保持平常心吧！

知子走出來了。

她雙手持毛巾搓拭著濕漉漉的頭髮，穿一件白色寬鬆的襯衫、牛仔短褲、赤腳。

「嗨！」她笑著向我招呼。

我跟著她應了一聲，緊繃的心情隨即鬆了下來。原來是這麼簡單的事情！我不禁痛罵自己，在這個奇怪的日本女孩身上，我好像失去一向應付女人的那種引以為傲的自信了。

知子在經過一夜的休息之後，看上去精神煥發，好像完全變成另外一個人了。我向她仔細的端詳，在她那有些瘦削的雙頰上，甚至透出一抹薄薄的紅暈，那有如潭水的眼睛，浮映著一波一波的光亮。

「妳好像完全恢復了。」我高興的說，「我在樓下吃早餐沒看到妳，本來還有些擔心。妳覺得有沒有需要請醫生看一看？」

「不，我沒有去吃早餐，謝謝您如此關心！」知子說，完全是傳統日本女性的語氣。「想到昨天的事情，心裏覺得眞是非常的羞恥。總之，再次謝謝您如此關心！」

接著，她從枕下拿出一張紙條，遞到我的手上。那就是她昨天夜裏靠在床頭上寫的一些東西。

我仔細一看，上面是有關她和我雙方共用這個房間的一份時間分配表，也就是她口中所謂的彼此間互動的問題了。

那個時間表明列各人使用浴室、看電視、就寢、閱讀、熄燈的時間，以及一些維護個人隱私的規定。大致上，它具有濃厚的日本人的條理風格，並且明顯凸出日本戰後女性解放的一種優勢，其他挑不出什麼毛病。

「請您指教！」知子非常客氣的說，「沒有事先徵求您的意見，我覺得極不禮貌。不過——」

「很好，我沒什麼特別意見。」

「非常謝謝！」知子綻開了一個十分燦爛的笑容。「我也要為你昨天所做的一切，再次的向您表示感謝。」

「妳已經再次的謝過了。」我嘲弄她，接著又向她逼進，「妳昨天跟那個小鬍子談房租，怎麼忽然變得精明和斤斤計較——妳不是說過自己有一個什麼旅遊的吃虧哲學嗎？」

「那是不一樣的。」她吃吃的笑著，「我覺得對你很抱歉，決定讓你高興一點。對不起，請您到外面走一走，我需要收拾一下私人的衣物。很對不起！我知道這是非常無理的。」

原來如此！

不過，跟日本女性打交道，她們那種繁瑣的禮節和用語，有時候也眞是讓人覺得很累。

「我到陽台上可以嗎？」

她想了一想。「其實你轉一個身也好。」她體貼的說，「外面那些花兒，非常非常的美麗，我看得忘記吃早餐了。」

我轉了個身，坐到小床的另一側。我沒有聽到知子的任何聲音。外面花影搖曳，不時傳來悅耳的蟬鳴。我看到一個小女孩手挽一隻竹籃，在花園中穿梭摘花。巴里島的居民每天早、午、晚必須拜三次神明，而他們的祭品就是美麗的花兒。當我最初聽到這個故事時，覺得眞是浪漫，令人憧憬。

知子所有收拾私人衣物的動作，有如在一種非常機密的諜報過程中完成的。大約過了兩分鐘，我聽到她發出輕微的嘆息聲。

「好了！」她愉快的說。

我轉回身，看到她已經靠在床頭上，準備讀一本什麼書，其他毫無變化。她床邊有一只小木櫃，原本放著幾本書，一些紙張和筆，一具錄放音機以及一個小小的旅行用的水瓶。這些東西靜靜的躺在那兒，擺得整整齊齊，彷彿是小木櫃的一部份。不過，再仔細一看，多了一些東西——一瓶礦泉水、和一個裝食品的紙袋。

她從紙袋中拿出一塊殘剩的麵包，朝著我頑皮的高舉著。「我的早餐。」接著又指了指那瓶礦泉水。「這是巴里島最安全的品牌，叫做『阿瓜』的。」

「一小塊麵包夠嗎？」

「沒有辦法，我帶來一些最愛吃的速食麵，可惜這兒不供應開水。你喜歡吃速食麵嗎？」

「不，我從不吃速食麵，麥當勞也不吃，肯塔基也不吃，可樂也不喝。」

「我了解，不過這些食物在旅途上最安全——」

「說到開水，」我插嘴說，「我倒是能幫妳解決這個問題，讓妳能吃到最愛吃的速食麵。妳現在想吃嗎？」

她陡的坐起來，驚喜的睜大了眼；那深沉的潭水又浮上一波一波的光亮。

「是嗎？」她這一次說的是脫口而出的英語。

「是的！」我也用英語回答。然後，我從背包中找出那個小小的塑膠電壺，放到她的小木櫃上。

知子興奮極了！她把那個電壺緊緊的抱在胸前，彷彿把它當做心愛的玩具似的。「謝謝！謝謝！謝謝！」她連連的說。

「『阿瓜』不必再買，妳可以自己燒水。」

「謝謝！」她把它抱得更緊，倒像是抱著一個驚喜的禮物。

這可讓我有些不合理的擔心，也許她誤解我的本意了。「這是借妳用的。」我提醒她，覺得這句話眞是大便。

「當然！這是您的東西。」她連忙說，趕緊把那個電壺送回我的手上。「我只是太快樂、忘形了。謝謝！」

「不！不！不！」我的臉上一定紅到耳根了。「知子，我不是那個意思。我——我太笨了。我覺得很難爲情。其實，如果妳那麼喜歡和需要它，我是很樂意送給妳用的。妳知道……我……」

我結結巴巴的說不下去了。

起初，她吃驚的望著我。一陣沉默之後，她噗哧一聲笑了。

「眞是難爲您了！」她開始大笑，又露出半個可愛的圓圓的小舌頭。「應該是我的錯，眞的。其實是我不該接上那種話。您當然不會那麼、那麼計較的。我們互相道一個歉好嗎？我、我很對不起！」

又是用英語說的，其中夾雜一些日本話。我注意到她在感到非常開心的時候，總會脫口冒出幾句英語。可能是出於一種擺脫長久束縛的心態吧！你在使用另一種語言的時候，你就會有這種感受。尤其在旅途上，你會覺得變成一個非常自由獨立的、沒有任何束縛的人物。而束縛並不一定是不快樂的，也包括快樂的。總之，從這時起，你不再是任何什麼的奴隸了。

「我、也很對不起！」我用英語快樂的跟著她回應。

7 從沙特到蘇格拉底

這可不是我跑到巴里島來想跟誰討論的玩意。沙特嗎？他終其一生鑽研存在主義，所得到的結論不過是發現「活著並不快樂」。其實都是狗屎，我早就知道。

我站起來像一棵大樹，倒下去是塊死硬的石頭。沙特早就只剩下一堆白骨了。

我和知子住進SWIE的翌日，未曾走出大門一步。我打定了主意休息一天，再展開巴里島的探索之旅；知子則始終一聲不響，安靜的窩在床上看書。

房內相當悶，我把所有的窗戶打開，身上只穿一些遮蓋面積最少的東西——T恤、短褲、而且光著腳丫子。

我的午睡是在狂驟的風雨中醒來的，滿身流著大汗。知子放下手上的書，眼睛對著我眨呀眨的說，「您何不把上衣脫掉？」

「脫掉？」

「請不必拘束，我習慣了。」她又拿起書。

那是她今天所看的第二本書，薄薄的，棕色古樸的封面。

我沒有脫下T恤。她也許習慣看到男人光著膀子晃來晃去，但在一個還不能算是熟悉的女性面前，我總覺得不自在。

「妳在看什麼書？」

「一本詩集。」

「現代詩嗎？」

「不，很古典的。」她有些不捨的放下書本。「其實是日本的俳句，一百多年前京都一位畫家寫的。你讀過這類的東西嗎？」

「我沒有，它講些什麼？」

「這……很難說清楚。內容非常廣泛，不過主要還是抒發個人對生命、愛和死亡的看法。您想看？」

「不，謝謝，我不想。我從前讀過一些日本的自由詩，還記得大詩人北原白秋的一首，當時我非常欣賞它。」

「哦，北原白秋嗎？他是很好的一位詩人。你說的是哪一首？」

「一首名叫『椰子』的。」

「『椰子』嗎？不，那不是北原白秋的，不過我一時記不起作者是誰了。我也喜歡！」

談著談著，知子把書本丟到一邊，從床上坐了起來，一副興緻勃勃的模樣，似乎有意就這個話題跟我暢談一番。

「我幾乎記得整首詩。」我頗為自得的說，「第一段、『從一個不知名的／遙遠的島／飄來一棵椰子。』第二段、『離開故鄉的海岸／但不知你飄流過幾月的波濤？』」

我背誦完第二段後，知子插進了嘴，她是唱出來的。

「第三段，『拾起椰子／抱在胸前／陸地感到流浪之憂愁』……它其實也譜成了一首歌，旋律簡單、樸實，是一首非常動人的歌曲。」

「是嗎？」我說。剎那間，我們都陷入一陣沉默。

那首「椰子」的詩句，的確感人。詩人藉著一顆從遠方大海飄流來的椰子，把個人濃濃的懷鄉的情愫，發揮到極致。

「真的，它太感動人了。」知子低聲說，聲音有些澀啞了。

我不喜歡這種低沉的氣氛，它讓我感到窒息。於是，我把聲音提高好幾音階。「我們一定要這麼傷感嗎？可愛的日本小姐，我們來到巴里島是尋求快樂的。好好的休息一天，到外面的世界去湊熱鬧吧！」

她沒回答，冷然以對。

我聳聳肩。兩人一室，絕對不能搞僵。我沒有搬走的打算。何況，無論如何，跟一個異國女孩共處，不但減少一份房租開銷，還有一種心理和生活上的安全感。她只要不再病倒，我很願意跟她一樣多留一段時間。

「妳好像隨身帶了不少書。」我轉移話題。「我看到妳早上在看另一本書，很厚的一本。這麼快就看完了？」

「您不會對它有興趣的。」知子說，看上去神情落寞，若有所思，眼睛凝視著室外的遠處。雨停了。有一隻蟬在窗外花叢中吱吱的鳴叫，有如哭泣；這越發讓人感受到一種難忍的鬱悶的氣氛。

「說說看。」我鼓動她。「又是一本日本詩集嗎？」

「不，是沙特，存在主義的，你應該知道這個人。」她依舊望著窗外，看都沒看我一眼。

我應該知道嗎？其實我還迷戀過很長一陣子。不過，這可不是我跑到巴里島來想跟誰討論的玩意。沙特嗎？他終其一生鑽研存在主義，所得到的結論不過是發現「活著並不快樂」。其實都是狗屎，我早就知道。

我當然沒有興趣！

我可不想再跌進那種形而上的陷阱，而眼前這個日本女孩，明顯的是蘇格拉底一類人物的信徒。沒錯！她遠從日本跑到巴里島，卻整天窩在床上猛啃日本俳句和存在主義。

我越想越有點生自己的悶氣。什麼什麼呀，我幾乎想趕緊撤退、走人。存在主義嗎？我瘋了啊！那純粹是一種生命的浪費，我試過。我倒寧願吃一碗五花肥肉、喝一瓶XO、或者是找一個喜歡在床上鬼叫的白痴女人。

外面又開始風雨交加了。這是巴里島的一個特色，在所謂的雨季期間，那種狂驟的風雨，常常陡的大軍壓境，而當你還沒來得及思索如何應付，又會忽然消失得無影無蹤，把你濕淋淋的丟在街邊，手足無措。

「我不知道誰是什麼沙特。」我的臉色大概跟外面天色一般陰沉，口氣也有些狂風驟雨的味道。「我也沒有興趣。妳請讀妳的俳句——關於生命、愛和死亡的；我想再睡一覺了。」

倒頭就睡。

這也是我的長處之一，我站起來像一棵大樹，倒下去是塊死硬的石頭。沙特早就只剩下一堆白骨了。

再度醒來後，天色暗了。這應該是吃晚餐的時間，不過，我睡得太多、又缺少活動，一點也不覺得餓。午餐吃的是速食麵，由知子供應，我負責燒水。她從日本帶來很多速食麵，甚至還有幾包海味速食湯。如果她平時喜歡把這些東西做主食的話，難怪她的身體要比別人單薄不少。她應該多吃一點肥肉，看上去會更性感一些，譬如她的臀部……想著想著，覺得耳根在發熱了。

我起床後，發現知子也在睡覺。想想實在可笑，兩個懶蟲湊一塊，各自在床上拖拖拉拉窩了一天。我真擔心樓下的小鬍子對我們怎麼揣測。

我決定下樓走走、看看，或者跟別的房客做點交流，順便打聽一下附近的情況——至少得找個比較固定的填飽肚皮的地方。

餐廳裏，只看到澳洲胖子獨自坐在一個角落上。他光著上身，坦露著半個毛茸茸的肚皮，面前擺著一瓶啤酒。

小鬍子沒看到人影，大概是跟什麼人說長道短去也。櫃台後，此刻端坐著一個大眼睛的小女孩。我看過她，在花園裏穿梭採花。大概是小鬍子的女兒吧？

她看到我走下樓，抬頭對我羞澀的一笑。

「妳的主人呢?」我向她問。

她沒回答，朝我發呆。

「她聽不懂的。」澳洲胖子插嘴說，接著，他結結巴巴的說了一句土話。女孩立刻垂下了頭，咯咯的笑著，臉頰上飛起兩朵薄薄的紅暈。

我看看那女孩、又看看澳洲胖子，大惑不解。

「你跟她說什麼?」

「我說我愛她。」澳洲胖子哈哈大笑。

小鬍子突然現身了。他好像看到我便特別興奮，嘴上那撮代表情緒的小鬍子又開始上下跳動。「你看過、我的很好的博物館嗎?」

「沒有。」

他惋惜的嘆息。「很好的，很了不起的博物館啊!」

我不接嘴，確信他眞正惋惜的是那沒有到手的一萬RP。

「唉，很了不起的博物館。」他繼續說，「那末，你今天快樂嗎?巴里島有很多、很多美麗的東西。」

「我在睡覺。」

「一天?」

「是的。」

「你的，漂亮的情人呢？」小鬍子又開始興奮了。

「她也在睡覺。」我不想重複辯解是不是情人這個話題。也許，這位旅館主人的問題在於字彙不夠豐富或者是巴里島具有某種獨特的情愛觀點？想到這，便不願再跟他計較。

「也在睡？」他很驚訝。「也在床上？」

「有別的地方嗎？」

「一天？噢，一天。」他又在唱讚美的詩歌了。

「是。」我決定讓他興奮下去。

他倒吸一口氣。

「你、很好的情人。一天！」接著，他吐出一大堆難懂的土話。澳洲胖子也聽得興奮起來，又劈劈啪啪的拍著肚皮。

這個荒謬的遊戲該結束了。我向他打探，該怎麼填飽自已的肚子。

「食物、我需要。」我說。

「是的、是的、食物。」他又抓住機會了。一邊說，一邊比手劃腳。「你需要很好的、很好的食物。一天，床上。啊，你需要、很、很、有力量的食物。海產是很好的，巴里島也有特效的藥品。吃的、擦的……」他粗魯的朝著自已下部用手比一下。「擦的、做愛很有力量。我可以供應。還有大麻、以及、許多快樂的東西，我都能幫忙。」

他一口氣說完，滿肚皮填滿希望的空氣，靜待回應。

我不停的搖頭。「不，只是食物。」

空氣洩掉了。

「什麼食物？」他索然問。

「只是牛奶、麵包。」

「沒有牛奶、沒有麵包。請，跟我來！」他引我到櫃台邊，從櫃台外俯身取出紙筆，迅速的畫了一個簡單的地圖，對我指點著。「這是SWIE，這是RAYA路、這是我看到你們的地方，這是市場。右轉、走路，牛奶、麵包、都有。」

「多遠？」

「走路、五分鐘。」

「右轉？」我突然想起一件事，差一點要跳腳了。

「是的。」他肯定的說。

如果他說的沒錯，那麼，他爲何在昨天夜裏把我們帶進那一片野草叢生的田梗上？其實直走、再左轉不遠就到達SWIE了。爲什麼？

我苦思著——哦，小費！我恍然大悟。我不敢再小看這個由農民轉型的小商人了。不過，他固然精明、狡滑，在外來文明的入侵下，學會不少招數，終究

還是在無意中露出馬腳。其實他是個不知道自己是笨蛋的笨蛋！

「能幫我買嗎？」

「我？不。女兒可以。」他強調說，「女兒很能幹。走路，小費、小費。」

「我還需要一個椰子。」

「椰子？不。我的販賣機、很好的椰子汁。」

「我要的是一個完整的椰子，完整的。你懂嗎？你的女兒是否能夠買得到？」

「女兒很能幹，不過抱著完整的椰子、很重的。走路，小費。」

「哼！」澳洲胖子從鼻孔裏冷笑一聲，彷彿拉了一聲長長的汽笛。「台灣人，那種爛東西在巴里島丟得滿街都是。小費、小費、他媽的這傢伙只知道討小費，不懂搞一點大的。」

「謝謝澳洲大爺，我很滿足了。再說椰子，走路、完整的椰子、很重的。」

小鬍子不理會澳洲胖子的嘲笑，做出一個抱著椰子的姿勢給我看，還向前蹣跚的表演了兩步。

「小費！」小鬍子又重複一句。

他也許無論什麼事都沒有罪惡感？

當然，小費！

8 懷鄉的椰子與歉意

這個流浪異鄉的日本女孩，究竟是在忍受著那一種病痛的折磨呢？

然後，她手一鬆，握成縐縐的一個紙團滾下了地。

我抱著好大一個椰子，一邊走、一邊默唸著那首日本詩歌。

『椰子原來那×樹／應依然枝椏茂盛／樹蔭履蓋……』底下一句呢？卻怎麼想都想不起來了。

知子睡在床上，傳出沉重的喘聲。她似乎總是不能睡得安穩，不時翻來覆去，額頭上滲著細微的汗珠。

也許還沒完全痊癒吧！

我攝足走到她床邊，把那個椰子和一紙小箋，放在她床頭小木櫃上。

「知子：這個鄉愁濃重的椰子，代表我誠懇的歉意，以及，作爲結束一段苦難旅程的快樂的句點。……台灣陌生人艾大偉PM七時十分」

我坐在陽台上，吃著小女孩買來的麵包和牛奶。巴里島的夜色雖鋪陳得較遲，此刻已把整個大地塗上一抹灰沉沉的顏色。陽台上四處散落著一些樹葉和花瓣，那是一陣狂風驟雨的祭品。遠處燈火閃爍，樹林中不時傳出幾隻不知名的夜鳥的啼聲。

然後，有一股雨後的涼意，混合著一些露水、野草和花兒的氣息，緩緩襲來。

我不禁打了一個寒顫，隨即返回房內。

燈還沒有打開，我靜靜的坐在床上，胡亂思索著一些事情。

接著，我發現知子其實醒過來了。我扭開一盞昏暗的壁燈，看到她側臥在床邊，正注視著那個椰子，眼淚簌簌流在枕上。

我慌了。

「知子，妳……」

她用紙巾揩著眼淚，迅速翻了一個身，面對著牆壁。

「請您……」她軟弱的喘著。「請把藥拿給我——在浴室牆上的木櫃裏。」

「妳裏面有不少藥品，是哪一種？」

話剛出口，我迅即感到耳根發熱了。我不禁痛罵自己，簡直跟小鬍子一般愚蠢，怎麼把自己偷窺木櫃的馬腳完全暴露了。

「粉紅色的。」她吃力的吐出一句。

我跑進浴室，打開木櫃，找出一瓶粉紅色的藥丸。那瓶藥很特別，裝在一個普通的玻璃瓶內，沒有任何有關藥品的說明和標誌，不過，那種顏色讓我做了一個大膽的揣測，它應該是一種強力的止痛劑。

那末，這個流浪異鄉的日本女孩，究竟是在忍受著那一種病痛的折磨呢？

我倒了一杯水，拿在手上。

「幾顆？」

「一顆……不，兩顆吧！」口氣有些猶豫。

「妳確定兩顆嗎？」

「先吃兩顆！」她下了決定。

她吃了兩顆粉紅色藥丸，喝了一大杯水。接著，她長長的吁了一口氣。

「謝謝！」她有些羞澀的說，「總是給您添一些麻煩。我實在覺得沒力氣下地了。」

「妳早該跟我說的，」我責備她。

「是啊！我該說的。」她勉強擠出一絲笑容。「謝謝您送給我的椰子！我……我……很快樂。總之，我是很快樂的哭了起來。我眞是感到非常難爲情。」

「不要再說話了，妳休息吧！」

「是啊，我想再休息一會。」知子順從的說，聲音變得越來越模糊。「謝謝……還有您的留信，我非常、非常的快樂……」

她又翻身面對牆壁，睡了。那時，我看到我寫給她的那一張小箋，緊握在她手上。

然後，她手一鬆，握成綯綯的一個紙團滾下了地。

9 卡薩布蘭卡的另一章

我同意法國人的前一段，但我無法接受澳洲胖子是什麼密探、或者是CIA狗腿子的揣測。而如果照此再演變下去，搞不好我也會變成亨佛萊鮑加，知子代替英格麗褒曼？SIWE花園旅館內諜影幢幢，可以上演另一部經典的「卡薩布蘭卡」影片了。

滿室燦爛的陽光，讓人幾乎睜不開眼。這應該是一個開始外出探索的日子吧！想想，我覺得眞好笑。來到巴里島之後，我的生活全都是在吃飯、睡覺和上樓下樓中渡過的。當然，知子比我過得應該更無趣。

我希望她能夠恢復精神和體力，這至少對「兩人一室」的氣氛會好些。

她終於起床了。我看看手錶，照那份表格，是她應該佔用浴室的時間——她擁有女權優勢的一小時，可有得等。至於我的男性妥協的三十分鐘嘛，早就在睡夢中消失，必須借用其他可談判的共享的時間。

還好，她平時不化粧，否則恐怕不是一小時能夠告退吧！

我準備先下樓吃早餐——八時十分，看情形知子又不想在餐廳露面了。還好，我看到昨晚拿給她的麵包和盒裝牛奶，仍舊原封不動放在小木櫃上。她大概就是如此盤算了。

我下了樓，餐廳裏坐著十幾位旅客。小鬍子則戴上一個奇怪的大師傅白帽，在幾個圓桌間穿梭，照料。

他看到我，鬍子上下飛動。「你的、漂亮的日本情人呢？」

「她在洗澡。」反正逃不過的。

可能是「洗澡」這兩字個帶給他很大聯想的空間？他那一對細小眼睛變得發亮了。

「洗澡、很好的洗澡。你的牛奶吃得好嗎？」他有如唱著歌兒，牛頭不對馬嘴，讓人摸不著頭腦。

「一切都好。」我板著臉說。

我選擇靠窗的一張圓桌，同桌的是澳洲胖子、兩位澳洲女孩；另外兩桌是那三男一女兩對情侶、幾個澳洲男女青年。

「哈囉！」我向大家打招呼。

美國人跟我握手、兩個澳洲女孩發出善意的微笑，澳洲胖子則詭詐的盯著我。

小鬍子把一份早餐放到我面前，接著卻對同桌那幾位旅客也唱起讚美的歌兒。

「他、這個台灣人有漂亮的日本情人。很漂亮的、很好的日本情人。」說罷，他抄著兩隻手，在一邊等候大家的反應。滿臉是曖昧的笑意。

「是嗎？」一位臉孔十分精緻的澳洲女孩笑著說。

「我沒看到過她。」澳洲胖子說。

「你會看到的，很漂亮的日本女孩。」小鬍子又說。

「她在什麼地方？」美國人禮貌的問。

「她還在洗澡。」小鬍子說。

我差點把牛奶噴出來。然後，我看到餐廳內所有旅客的眼睛，都睜得好大，全部把視線向我集中過來。

而小鬍子在得到傳播訊息的預期效果後，便像老鼠般一溜煙兒不見了。

我悶著一肚子氣，低著頭吃我那份單調的早餐。原來小鬍子還兼營廣播電台哩！

「你不必介意。」美國人俯身很體貼的對我說，居然說的是怪腔的華語。「巴里島人民是很天眞的，他們不太懂如何尊重別人的隱私。」

「我不介意，只是有些尷尬。」我把面前的咖啡往前一推。「那種感覺很像是這杯帶渣的難喝的咖啡。你怎麼會說華語？」

「我到過中國大陸，也在台灣住過幾個月。」美國人說。接著他做了一番簡單的自我介紹。他名叫傑克，是美國加州大學的研究生，申請了一筆獎學金，正在進行有關巴里島人民所信奉的興都教（Hinduism）的研究工作。

傑克住在SIWE一個多月了。他告訴我不少與小鬍子有關的趣事，其中也包括「我吃飽了」那句滑稽的華語。

「不會是你教的吧？」

「正是我教的，他認爲能說幾句華語，可以抬高自己的身份。」美國人伸出一個指頭。「只學會一句，希望他不會用錯地方。你到巴里島是純粹的旅遊嗎？」

「是的。」我沒有多加解釋。事實上，我沒有什麼可在旅客間當做話題的材料。

或者，如果一定認爲有的話，大概就是知子「還在洗澡」那個荒謬的短訊了。

澳洲胖子被冷落在一邊，一副急於發表言論的表情。不過，我看得出那兩位澳女孩不願跟他多嚕嗦，澳洲胖子每回提出一個話題，女孩們表現得十分冷淡，很難持續下去。

「你的漂亮的日本情人怎麼還不下樓？」澳洲胖子冒然插嘴。

「小鬍子不是說過嗎？」我說，隨即覺得未免太不禮貌，又設法緩和氣氛。「她身體不太舒服。還有，我和她只是純粹的室友。你知道，在旅途上就是這麼回事。」

澳洲胖子仍不肯放棄，遲鈍的問了一句：「她很漂亮嗎？」

我不回答，向他逼視著。

他終於退縮了。他把手一攤，向我表示歉意。

「我沒有惡意，好奇罷了。我道歉！」倒是挺俐落的。

「我接受了。」我拍拍他的肩。「其實漂不漂亮與我無關，我眞是被這件事搞煩了。我們談些別的好嗎？」

「那恐怕還是談女人。」澳洲胖子拍拍肚皮，轉向另外兩個女孩。「或者是男人，兩位意見如何？這不就是大家跑到巴里島來的目的嗎？」

兩位澳洲女孩都沉下了臉，臉孔精緻的那一個嘴巴很利。「跟你無關，而且也不會找上你。奧莉維亞，我們走吧！」

「噢，眞難看。我們還是墨爾本同鄉哩！」澳洲胖子朝著兩個女孩的背影叫。

那個精緻的背著我們舉一舉手，頭也沒回。

「這算什麼？」澳洲胖子說，「我的錯誤只是說中了她們的心事，她們做什麼也不必躲躲閃閃。」

他的嗓門很大，餐廳內剩下的幾個旅客，這一次都把視線集中在他的身上。美國人跟我都保持沉默。澳洲胖子確實惹人嫌厭，他不但有一副高嗓門，還有一個撥弄是非的大舌頭。後來，澳洲胖子回房，有個瘦小的法國人坐到我的身邊，他向我和美國人暗示，跟這個澳洲胖子最好保持適當的距離。這個法國人好像對身邊一切都非常敏感，他甚至指澳洲胖子可能是密探，受僱於印尼當局從旅客身上蒐集情報。他的根據是，印尼正處於泯亂狀態，僱用澳洲人做間諜，不致於惹起別人的懷疑。

「不然的話，他就是CIA的狗腿子。美國那個爛資本主義政府的CIA，可說是無孔不入，我早就警覺了。」法國人武斷的說。

好傢伙，居然還牽涉到意識形態。照他的口氣，倒可能是法共極左派的一員。

「你警覺什麼？」加州大學反駁說，顯然感到受辱了。「難道你有什麼祕密可以讓這個澳洲白痴刺探嗎？我覺得離題太遠了。」

我同意法國人的前一段，但我同樣無法接受澳洲胖子是什麼密探、或者是CIA狗腿子的揣測。而如果照此再演變下去，搞不好我也會變成亨佛萊鮑加，知子代替英格麗褒曼？SIWE花園旅館內諜影幢幢，可以上演另一部經典的影片「卡薩布蘭卡」了。

「我同意談一談女人、或者男人也好。」我潑出一盆水，企圖澆息法國與美國之間的戰火。「澳洲胖子固然不足取，倒是提出一個永恆的話題——愛情和肉慾；不知兩位意見如何？」

「我只研究宗教，對不起！」美國人說，昂首而去。

法國人不同了。一提到愛情和肉慾，CIA也擋不住。他眉飛色舞，開始大談個人在巴里島各種難辨眞僞的豔遇。

「她們這些巴里島女孩，是一種對男人非常順從、而又嫺熟一切做愛技巧的

動物。你看到我剛才帶來的那個女孩嗎？」

我看到過，原來那就是他的女伴。我向鄰桌探望，沒有看到人。

在我的印象中，那個女孩年紀很輕，皮膚黝黑，有一對巴里島女性特有的大而亮的眼睛。

「她吃過早餐走了。我們渡過非常、非常浪漫的一夜，這將是我終生難忘的。」這個法國人在興奮時講話十分急促，加上他英、法文胡亂混雜，很傷別人的細胞。

「其實，她不算頂好。」法國人繼續吹噓下去。「你到過KUTA的SARI CLUB嗎？我在那兒還遇到過更棒的。那個女孩是天生的做愛機器，跟她上床，簡直能把一隻大老虎搞得服服貼貼。」

「她那麼厲害？」

「是的、絕對。她簡直能把一隻大象吞進肚裏。」法國人面不改色的說。

這未免扯得太遠、也太離譜了。

「眞希望能夠見識見識。」我嘲弄他。

「沒問題，今晚到SARI去。」法國人狂妄的說，「我敢打賭，她簡直能夠把你搞到永遠再回不到台灣。你說你是台灣人？說到這裏——台灣是在什麼地方？」

「大約五個小時的航程。」

「哦，那麼，台灣人知道什麼叫CLUB嗎?‧如果不，你一定要去見識一下，像我剛才說的，那個騷貨真能夠把你整個人毀滅。說到這裏——台灣是美國的殖民地吧!‧我倒也想去看看。」

我很慶幸美國人走了。不然的話，這個圓桌上可能發生更激烈的口舌之爭，而且必然把我也捲進去。

我找個藉口，趕緊走人。不過，法國人雖然說話沒底，終究給我提供了一個實用的資訊，我也打算到KUTA的SARI CLUB見識一下。

這個法國人大概把台灣想像爲非洲黑暗大陸的層次。台灣人知道什麼叫CLUB嗎?‧至少我知道了。

10 跌入卡夫卡式的夢魘

以我而言，我到巴里島來唯一的目的是尋歡作樂。說是墮落也好，說是愚蠢也罷，我其實是在對自己嚐試做一種探索。

我搭上一輛藍色計程車，前往KUTA的LEGIAN路商業區。然後，我循著法國人的指點，租到一輛大型摩托車代步。租期一個禮拜，全部費用僅爲美金四十元。

租到機車，如虎添翼。巴里島之旅正式展開了！我先把整個商業區——包括Kartitka、KUTABEACH、SGUARE、LEGIEN等地，繞了一圈，了解一下環境。隨後在一家名叫THEMACCA-RONI的CLUB坐了一下，這家CLUB的風格是以後現代主義爲基調，不設門扉，直落大廳，門外路旁也設有座位。

我喝了一杯咖啡，隨即離去。這個時段各娛樂場所大部份CLOSE，但是看到那滿街高掛的熄滅的霓虹燈，其夜間的盛況可以想見。

在商店街上，我把摩托車寄放妥當，步行遊逛。還沒走幾步，一大票死糾爛纏的小販，手持各種五顏六色的物品，包括銀製的手鐲、仿冒手錶、沙灘T恤、遮陽帽、拖鞋、皮帶、水果……乃至空著手的皮條客，一擁而上。

我謹守巴里島觀光客的教戰原則，走在路上，絕不把視線放在某人、或某物超過三秒鐘，而且，除非眞的中意某件物品，絕不還價。

不過，你也不能做啞巴，否則可能捱罵。我的方法是疾步而行，口中則不斷的喃喃說著一句土話「特里馬卡西」，就是謝謝。結果，連那個尾隨我十多公尺的皮條客，同樣知難而退。

我現在有我自己的角度，可不是別人容易打敗的了！

在巴里島的觀光客間，常流傳一些購物的笑話。有個觀光客在幾經激烈的討價還價之後，把開價一萬五千RP的一大串香蕉，以四千RP搶到手上，大喜過望；但遊覽車準備離開的時候，同車另一位旅客則以二千五百、不到五角美金的價格，卻是提著三大串香蕉跑上車，請大家分享。

那個法國人自創一句格言：「絕不還價。」換言之，不買任何東西，這卻是極端的右派了。而這個原則，跟知子的意識型態便劇烈衝突。知子認為觀光客本來應該抱著吃虧的心態，做個散財童子。言下之意，似乎有點什麼馬歇爾計劃、發放救難物資、推進希望工程、或甚至是台灣早年小康計劃的味道。

不過，知子的觀點不像法國人那般極端和僵化。我在跟那個狡滑的白色計程車司機、為了車費發生激烈爭吵的時候，她對我大表不滿；但她後來卻跟小鬍子之間有如猶太人一般精明的討價還價，逼得小鬍子對他大唱讚美的歌兒。

我後來嘲笑過她，那時為何在立場上突然發生如此巨大的變化？

「我沒有改變，是你不懂。」

「說說看。」

沉默一會。

「算是為了討你的高興吧！你當然不懂。」她冷然說。

我當時確實不懂，把它看成一句隨機敷衍的托詞而已。

我在Legien路上閒逛了一陣，卻總覺得心神不安，若有所失。那一種感覺，有如卡夫卡的小說風格，好像把身體上某一重要的部位如一條腿呀什麼的，遺忘在家裏了。不過，我不想進一步探究那是什麼。或者，我明知那是什麼，卻不甘願承認。

我強按著內心的衝突，在街頭上拖了好長一段時間，吃了一餐一向不沾嘴的美式漢堡，這才返回旅館。

知子躺在床上看書。我覺得很反感，她跑到這個島上唯一的目的，好像就是爲了做這件事情。

我也嘲笑過她，反被她挖苦一頓。

「這有什麼值得大驚小怪？我本來是這麼計劃的。」

我確實不了解她那種心境，躺在京都家裏的床上豈不更舒服一些？

「我看過一本書，還有人專程跑到希臘看看那兒的天空哩！」她闔上書本。「這是很個人的事情，我不想再討論。依你現在的心態，當然不能體會——對不起，我沒有對你輕蔑和冒犯的意思。我們彼此的心境不同、感受不同、想法自然也不同。我相信你到巴里島是追求你想要的，也一定能得到。外面街上供旅客狂歡的地方和對象很多——哦，實在太多嘴了。我非常抱歉！」

這是我所聽到知子唯一的一次長篇大論。她那天精神很好——我留意到，一般來說，她在清晨精神最佳、午後較差，夜裏最壞，那情形有如一朵隨著時間逐漸凋萎的花朵。有時，我還眞擔心她在第二天早上會醒不過來。好在她總是能熬過難關，每天早上睜開眼都有如脫胎換骨，臉上綻放著明亮的笑容。

「妳又在看什麼書？」

「一本關乎死亡、生命和掙扎的書，卡夫卡寫的。」她從床上坐起來。

我的天！

我剛才還想到過那個早殞的人物，怎麼隨即又從她唇邊站了出來！

「吃過晚餐嗎？」

「速食麵。」她笑了。「再次謝謝您的電壺。」

「那麼喜歡吃？」

「不，其實只是爲了方便和安全，我也不想出門。」

當然！

我們面對面各自坐在自己床上，話題似乎不容易再接下去。在沉默中，我凝視著她的眼睛，依然如深沉的潭水。

她別開臉，接著垂下眼簾。

「妳應該到外面走走。」我鼓勵她。「這對妳的身體——」

「我每天都走幾趟花園，很喜歡那個地方。」她閃避我的話題。

「跟旅客們聊聊也好。」

「是嗎？」不置可否。

又沉默一會。

「知子，妳聽我說……」我衝動的握起她的手，她沒有退縮。「我們固然萍水相逢，終究也是一個緣。何況，兩人共用一室，必須彼此關照。對不起，我要問妳一個比較私人的問題，妳究竟患的是什麼疾病？該不只是腸胃不適吧！我覺得……」

她緩慢的抽回手，那是一雙柔軟的些微潮濕的手。

「只是老毛病。」她說，那聲音彷彿像落下一片葉子。

我不能再追問下去了。於是，我迎合的又回到卡夫卡身上。

「妳讀過卡夫卡嗎？」

「不，這是第一次。」

「喜歡嗎？」

「倒是適合我現在的心情。」

「我也喜歡，不過，我不認爲對妳是健康的。」

「那麼，看巴里島旅遊指南？」她又在譏刺我，常常是很尖銳的。

「那也沒什麼不好。」我盡量退讓，耐心的勸誘。「依我看，即使像『椰子』那首詩，依然徒增傷感。我也許不了解妳把自己關在房裏的心態，總是讓自己快樂些才好——」

「我很快樂！」她迅速接嘴，把我逼進一個死胡同了。

「好吧，妳的選擇！」我無奈的說，「知子，有一件事我必須做一些解釋，看來我們雙方對生命和生活的看法，可能有很大的差距。我希望妳不至於輕蔑我這個人，我覺得對這一點有點在乎——其實也無謂；人在生活上的遭遇不同，會走不同的路。以我而言，我到巴里島來唯一的目的是尋歡作樂。說是墮落也好，說是愚蠢也罷，我其實是在對自己嘗試做一種探索。妳了解我的意思嗎？」

「我了解，這也跟我的情況一樣。」知子面無表情的說，「放心吧！我不會看不起你，事實上我是很尊敬你的。不要把女人帶進這個房間床上就好了！」

我差點跳起來。

「妳扯遠了。」

「我說實話。」

「我不過想勸妳讓自己快樂一點而已！妳……妳……」說不下去了。

「我很快樂，問題是你不了解。」知子生硬的說，「還有，我們只是室友，我不認為你有權利干涉我的生活。」

一陣難堪的沉默。

「妳相信什麼？」我惱怒的問。

「自己。」

「晚安！」我大聲說，嘴唇都在抖了。

「現在是我使用浴室的時間。」知子冷靜的提醒我。

我賭氣不洗澡，倒頭便睡。

半夜裏，我聽到幾聲有如啜泣般的聲音。也許是鳥聲？或許是風聲？

我側耳傾聽，再沒有任何動靜。

11 最後什麼都沒有

我知道，在漫漫旅途上，什麼事情都可能在遊子身上發生。一段友誼、一段戀情、一場貪歡的春夢、一次不愉快的糾紛、一個模糊的畫面、一種情緒、一種感覺、一種憤怒、或者是一種失落……

不過，在生命中，它只是剎那間迸起的一個小小的火花，劈劈啪啪，眼前一閃，終究歸於千年沉寂。

最後什麼都沒有！

我騎著摩托車，一大早直奔巴里島南端的WATERBOM，一家著名的水上樂園。預定的活動節目，是我自創的『我的黑夜比知子的白晝更美麗』。所以在白天嘛，只好瞎混。

在WATERBOM，我買了一頂大草帽，下水泡了一陣，沖掉前一天留下的滿身臭味。我也嚐試了一下滑水道，跟一些老女人和天眞的孩子嘻嘻哈哈湊湊熱鬧。

知子呢，我決心跟她劃清界線——不要把女人帶回房間的床上嗎？我不了解她嘴裡爲何冒出這種無理的話。如此侮慢的假設性宣示，豈不等於存心開戰？日本女孩太任性了。

巴格牙魯！

在WATERBOM瞎混整個上午，吃了一碗名叫NASISAYVI的菜飯，內容有蕃茄、炸玉米、雞肉、炸雞蛋等等，相當豐富、可口。外加可樂一杯。接著，我前往巴里島南灣的海灘。幾個土著婦女跑來兜攬MASSAGE，我挑選一個面孔不怎麼討人厭的，照著她開的價錢敲定。算是夜間活動的暖身吧！

那些做MASSAGE生意的土著婦女，在海灘的一塊陰涼處，擺著一整排的帆布床。我躺下去，沒多久便在那雙手的靈活的搓揉中沉沉睡著了。

後來，我覺得至少有五、六、七、八隻手，在我身上胡亂摸索。我陡的醒來，發現身邊圍著三個女人。

「一個女人、一個女人。」我抗議說。

那些土著婦女、包括不少閒在一邊的，都朝著我咯咯的笑。

「一個女人、一個。三個女人沒有RP。」我向她們聲明。

「是的、一個女人有RP。」那個不怎麼討人厭的，對我板起臉孔，很潑的在我身上捏了一把。

我哇——的一聲叫起來，惹起周圍一陣哄然大笑。

MASSAGE結束後，我照原價付錢，沒有人表示異議。原來她們三個女人七手八腳是爲了搶時間。開價是六萬RP，我另加小費兩萬。我心裏想，躺在旅館床上的那位救貧團發言人應該滿意了吧！

我在沙灘上混了好長一陣，又到附近一家小店，點了一罐可樂，坐等黃昏。後來，有三個年輕的印尼人，坐到桌邊跟我攀談。他們都光著上身、短褲、拖鞋，渾身上下晒得如同一堆黑炭。

「您是日本人嗎？」一個叫盧旺的青年向我問，操的是流利的日本北部九州一帶的口音。然而，奇怪的是，怎麼聽來聽去都帶些日本女性的語法和味道。

談沒多久，我終於清楚怎麼一回事了。盧旺的身份相當複雜，他是爪哇人，跑到巴里島淘金。做過雜工、當過小販，混不飽肚皮。其後，他像野狗一般流浪到海灘上，偶而接些散客做導遊，賺點小錢。有一回，他向一個日本女孩兜售木彫，那女孩對他頗感興趣，給他買了新的衣服，把頭髮也整修一番，便帶回旅館做伴了。

「她對我很好。」盧旺自豪的說，「她很愛我，每月都寄來生活費用，我們會結婚的。」

「你們認識很久了嗎？」

「噢，兩年多了。她每年在日本的春天和秋天來一趟，住滿兩個月才回家。你知道，外國人只能住兩個月。她很愛我，有時會逾期返國，也常常寄來明信片——」

「她最近來過嗎？」

「不，她很忙。」盧旺的語氣有些不肯定了。「聽說她的父母反對，今年也許不來了。」

我懂了。其實她也許會來，但不一定再把這個BEACHBOY帶到自己的住處。他自認為日本女孩多麼愛他，其實那只是一項廉價的肉體交易，用幾個RP買下他全部情感。而說穿了，他不過是資本主義高度開發國家一個蝴蝶偶爾試鮮和洩慾的玩物而已。

「那麼，她其實是不會再找你了。對不對？」我殘忍的幫他揭開一個長久無法接受的事實。

「大概……不來了。」他失神的點點頭。

太陽快要落下去了。它浮沉在海面上，如同一團美麗的最後的火焰，掙扎著、燃燒著、絕望的跳動著，那景色令人沉醉，不過，這也是地球上一個不斷重複的故事的結束了。

它終於沉下了海底！

一群灰色的海鳥在海面上嘶啞的悲鳴著，盲目的互相碰撞著，並不時在空中散落一些傷折的羽毛。

我痴望著這一幅悲涼的景色，許久許久。然後，我揮揮手起身離去。

「撒喲哪拉！」

「撒喲哪拉！」盧旺說。他那一口日本女孩留給他的九州口音，將是他終其一生無法磨滅的有如奴隸的烙印。

那麼，知子呢？我不禁在想，她將在我的身上留下一些什麼？一份美麗的回憶？或者是一個醜惡的記號？或者……

或者什麼都沒有，那才是我眞正想要的。

我知道，在漫漫旅途上，什麼事情都可能在遊子身上發生。一段友誼、一段戀情、一場貪歡的春夢、一次不愉快的糾紛、一個模糊的畫面、一種情緒、一種感覺、一種憤怒、或者是一種失落……

不過，在生命中，它只是剎那間迸起的一個小小的火花，——啪啪，眼前一閃，終究歸於千年沉寂。

最後什麼都沒有！

12 SARI驚奇

我開始眞正了解到貧窮國家人民的悲哀，他們千方百計只想混飽肚皮，心中當然只想到金錢。他們一開口就是金錢。你給他幾個RP，他便能忘掉祖先千百年燦爛和值得驕傲的文化。

我環顧四周每一個人、每一對人、和每一群人，都沉浸在放浪形骸的歡樂之中，他們叫著、笑著、唱著、跳著、擁抱著、親吻著，完全進入一種忘我的境界。

在KUTA區的Legiaw路上，入夜後果然另有一番盛況。各種不同風格的CLUB、餐廳和咖啡店，櫛比鱗次。整個娛樂區窄小的街道上，人潮如流，擦肩摩踵，加上小販的吆喝、路人的笑語、車子叭——叭的喇叭聲、震人耳鼓的搖滾音樂，以及汗水、花兒、咖啡、和路邊小販燒烤的香味，構成一幅立體的混亂的畫面。

五顏六色的霓虹燈都醒了過來，向遊客們不停的眨著塵俗的媚眼。晚上又下過一場驟雨，天候依然悶熱，人們渾身黏濕，空氣中浮動著一股蠢蠢欲動的肉慾的氣息。

我騎車穿過一條曲曲折折、凹凸不平、而且淤積著汗水的巷道，轉入耀眼的Legian路上。

我把機車寄放在一家煙酒小店，赤膊的店主向我糾纏不休推銷一種特大號雪茄，其長度、直徑和造型，有如色情片巨大的陽物按摩器。

店主向我特別介紹，它就是美國總統柯林頓和白宮見習生李汶斯基小姐玩性遊戲的那一種。

「你抽這種雪茄，女人鐵會愛上你。」他肯定的說，又是日本話。

站在墮落的起跑點上，我慷慨的買了兩支，準備碰一碰運氣。

「兩支很好！」店主呲著牙說，「日本人，一支你吸、一支給女孩下面用。」

呵呵！」

我一回頭，看到SARI CLUB的霓虹燈了。它高高矗立在黑夜中，有如一隻火眼金睛的怪獸。沿途街邊，靠牆站著許多塗脂抹粉、打扮妖冶的女孩，在招攬客人。

「MASSAGE？」她們不停的向路人問，有的還不時當街扭著挑逗的迪斯可舞步。

有個女孩把我拉住，故意把豐滿的胸部靠在我的肩下。

「MASSAGE？」

「迪斯可OK？」

「不、不跳舞，只做MASSAGE！」她意興闌珊的說。

我搖搖頭，她隨即走開，倒是未曾糾纏。

SARI CLUB的門口，站著五、六個渾身金光閃閃的制服警衛。它不收門票，客人可隨意進出。此外，它同樣是不設門扉，直透大廳和舞池。

我從街上便看到它內部擁擠的情況了。音樂震耳欲聾，一個聲音沙啞的黑人歌手，唱著一支挑逗的歌兒：「心肝、心肝、我們做愛！噢、噢、噢，心肝，我們做愛……」

我穿過街，進入那個沒有大門的通道。到處擠滿了人——站著的人、坐著的人、走著的人。他們多半是澳洲的年輕人，少部份其他國籍和亞洲面孔，當然也缺不了搜尋獵物的日本女人。

很多人是光著膀子的、也包括少數幾個大膽開放的女孩。我往裏面的吧檯擠，一路上肉碰肉，踉踉蹌蹌，好久，才擠到吧檯邊。

我找不到座位，站了好久，身邊一個絕色的澳洲女孩，把一只小圓凳讓給我，獨自跑進舞池去了。

我坐下來，點了一瓶啤酒，並且燃起一根大雪茄，像一根煙囪般冒著煙。柯林頓吸這種雪茄是什麼感覺，我不清楚，我倒覺得自己很像黑手黨的打手。

「心肝、做愛！」黑人的歌聲如同野獸般嘶叫著。那時，我的內心深處燃起了一朵火焰，渾身飽滿的情慾開始蠢動了。

吧檯只有四位酒保，三男一女，忙得不可開交。不過，其中一個皮膚比較白晰的，似乎對我這個少數民族頗具好感，趁閒跟我聊上了。

「日本人？」

「不，台灣。」

「噢，你們都一樣，比澳洲人有錢，台灣是美國的屬地嗎？」

又來了。

「不，台灣就是台灣。」

「我懂了。跟巴里島一樣，很獨立的。不過台灣人有很多錢。澳洲不同了。台灣客人都花得起錢。」

「我沒有錢。」

「你開玩笑！」印尼人說，「你的手錶很值錢，而且抽大雪茄。你知道這種雪茄的故事嗎？」

「柯林頓？」

他對我大笑，惹得旁邊幾個澳洲女孩也笑著朝我打量。

「那是個笑話。」印尼人又說，「女人會愛你？呵呵。那個賣煙的傢伙其實到現在搞不到一個前面有個洞的老婆。」

「是嗎？」

「你不同，帥哥，一定有女孩愛你。你很有錢，巴里島的女孩喜歡你這種男孩。你真的不是日本人嗎？」

「我沒有錢。」

「好吧！我不跟你拌嘴，反正今晚你一定會找到愛人。不要走遠哦！」他指點我，接著他壓低了聲音。「千萬不要搞那些澳洲女孩，她們非常精明，不肯花錢。我搞過，呵呵，頭痛、頭痛。」

接著又是一陣大笑。

我開始眞正了解到貧窮國家人民的悲哀，他們千方百計只想混飽肚皮，心中當然只想到金錢。他們一開口就是金錢。你給他幾個RP，他便能忘掉祖先千百年燦爛和值得驕傲的文化。

我環顧四周，每一個人、每一對人、和每一群人，都沉浸在放浪形骸的歡樂之中。他們叫著、笑著、唱著、跳著、擁抱著、親吻著，完全進入一種忘我的境界。

大廳的盡頭，是一個中型舞池。燈光很暗，我睜大了眼，隱約看到舞池中同樣擠滿著人。他們有的是單獨一個人、有的是成雙成對、有的是結合一大群，但不論如何，在迪斯可如熱漿般音樂的激動下，他們瘋狂的扭動著身軀，搖晃著頭，每人自築一個孤寂的世界，不再關心和理會外面的一切。

那個白皮膚的酒保又湊到我面前了。

「好玩嗎？」

「還好。」

「你別走，會有女人愛你的。」他堅持說，「我有預感，一定。你看中什麼對象嗎？」

我聳聳肩。

「一定會有的。」他又壓低了聲音。「日本人，你想不想嚐一嚐『快樂丸』？我的朋友有貨。你應該試一試，你會很快樂。」

「不，謝謝。」我客氣的說。我聽說那種東西在巴里島非常流行，它是一種興奮劑，服用後會不停的搖頭。

「也有大麻。」他誘惑的說，「很便宜，女人會更愛你。你想要嗎？」

「我不是日本人。」

「都一樣、一樣，你們一樣。」酒保說，「其實，我會講日本話，也算是日本人，不過我沒有錢，如果你肯買一點大麻的話——」

說著說著，在我背後傳來一個女孩的聲音，把談話打斷。

「哈囉小白臉。」那女孩說。

「噢，你的幸運時間到了！」酒保對我眨了眨眼。

我轉回頭，還沒看清楚那女孩的模樣，一隻戴著大串銀鐲的柔軟的小手，已經搭上我的肩頭了。

「哈囉！」我說。

「哇，你想玩一下柯林頓的遊戲嗎？」女孩操著流利的英語，把我放在吧檯上的另一支大雪茄拿在手上，隨即硬擠進我和另一個澳洲女孩中間，並順勢把半個臀部坐在我的腿上。她這一連串的動作，表現得非常自然，彷彿跟我是整天膩在一起的情人似的。

「我的上帝！」酒保呻吟了一聲。

接著他對我丟過來一個得意的眼色，那意思是說，我跟你說的沒錯吧！

誰知道？我立刻警覺，說不定它是一個事先安排的圈套。

從那女孩的膚色和英語的口音判斷，她應該是在地的土著。在這種場合，除非身體和語言上具有非常明顯的特徵，譬如眼睛的顏色、或鼻樑的高低等等，常常很難判斷對方屬於什麼種族、甚至什麼性別。我在飛機上還曾把一個男人錯認做一隻新宿的蝴蝶哩！

不過，這女孩的確給我一種驚豔的感覺。她有一張架構十分勻稱的臉孔，一副豐滿的胸部和一雙修長的美腿，頭髮染成淡淡的金黃，並細心結紮成十幾條串著無數紅、白、黃色小圓珠的辮子。藍色的眼影、銀色的唇膏、左耳掛著一隻金色大耳環，不停的搖來盪去，搖盪得讓我幾乎失神了。

「妳喜歡玩柯林頓的遊戲嗎？」我大膽的反問她，心裏在猜著，她是否碰巧就是法國人口中那個做愛的機器。

她搖搖頭，把那支大雪茄又放到吧檯上。

「那個男人很無聊！」她評論說，「小白臉，我也不是李汶斯基那種不成熟的婊子。我要的是真正的、毫無法律上模糊空間的做愛。」

「你們認識嗎？」我問酒保。

「當然認識。」那女孩搶著說，「我在這兒可認識不少人，甚至還認識幾個男人的下體。別看得太嚴重，做愛而已。」

「上帝！」酒保又呻吟了一聲。「我得走開了。這兒太熱！」

「我是莎莉，就是這家CLUB招牌上的莎莉。」她跟我握手。

「大偉。」我說，「妳跟這家CLUB什麼關係？」

「沒有關係，跟你一樣是遊客。我喊你大偉好嗎？你不必猜疑，沒有圈套。」她伸手親暱的捏捏我的腮。「你沒有很多鬍子，我喜歡。我在後面跳舞的時候看你很久了。我喜歡你。你一個人不是很寂寞嗎？」

「現在不寂寞了。」

「我喜歡的、我就做。我喜歡你！」莎莉說，大膽又坦率。「我喜歡朋友、喜歡酒、喜歡跳舞、喜歡花朵、喜歡美麗、喜歡快樂、喜歡做愛。你喜歡什麼？」

「我還不知道，我正在找。」我困難的說，覺得喉頭發乾，聲音也變得澀啞了。

「噢，可憐的寶貝！」她親吻我。「大偉，也許我能幫助你找到。你是日本人嗎？」

「不，我是台灣人。」

「那是無關緊要的，我也不會說日本話，你是我第一個日本朋友。」

看來她同樣搞不清楚台灣是怎麼一個地方，我也懶得解釋。何況，如同她所說，在我和她之間，那是無關緊要的。

「喝一點什麼吧！」

「我要一杯威士忌，雙倍的，加冰塊。不過，我自己付賬。心肝，你必須了解，我不出賣自己的。」

「喝一杯酒有那麼嚴重嗎？」

「是的，這是我的遊戲規則。」她很認真了。「包括做愛。當然，保險套是要男人花費的，不然未免太尷尬了。」

我不能相信這是眞的。

「想不想跳舞？」

「我跳累了。」她拿起那杯威士忌，先啜一小口，在口中含一回，接著幾乎把整杯一飲而盡。

「好痛快！」她長吁一口氣，金色的大耳環一陣搖盪。「我不想跳舞了，何況迪斯可是適合一個人跳，像是在浴室裏自瀆那樣。」

莎莉在言談間不時讓我感到吃驚。我想，她如果不是具有超乎常人的坦率個性，那麼就是一個瘋子。不過，我寧願相信前者。她那敏銳的反應、機智的對話和精確而巧妙運用的詞彙，都在在顯示是一個正常的女孩。也許只是狂放吧！

「妳是巴里島人嗎？」

「不，我生長在雅加達，也在那兒讀書。雅加達現在一片混亂，我無法忍受，找不到自己想要的，於是……」她聳聳肩，好像藉此抖落一些東西。「於是我跑到這個島上，這兒至少可以不受干擾的活下去。」

我本想問她，在這兒是否已經找到她想要的？但我陡的到感到心頭一陣搖撼，話才要出口，又嚥了下去。

也許，我想，她和知子、乃至於其他一波一波的年輕的旅客，跟我相同，都是跑到這兒尋求一些什麼東西？也許是墮落、也許是昇華；也許大、也許小；目的不同，總是希望得到一些什麼。

也許是自知的，譬如知子、莎莉、我；也許是不自知的，如同一頭受傷的野獸，只是憑著本能爬向一個安全的窩。

也許都是，都跟我、知子、莎莉一樣，我們這年輕的一代，忍受太多，誤解太多、壓擠太多、空虛太多。對，空虛！所以，我們希望能尋求一些什麼，塡補那個黑洞。

也許、也許、也許……

整日窩在床上閱讀卡夫卡的知子、或者是一頭栽進一個情慾世界的莎莉，或者是在人生的岐途上徬徨的艾大偉，也許其實無何分別。

還有那一群滿天飛舞的蝴蝶，以及妝扮得看不出性別的新宿一族。其實又有什麼分別呢？

「嗨，我得走了。」莎莉突然意興闌珊的說，接著拋給我一個飛吻。

我不禁目瞪口呆。這個女孩總是讓人感到意外和不可思議。序幕剛剛揭開，燈忽然滅了。

「再見！」她揮了揮手，消失在大廳暗處。

「很高興認識妳！」我喃喃的說。

黑人歌手換了另一首歌：「……心肝，快騎到我的身上來！」

13 那種生命的恐懼太沉重了

「其實，這跟我又有什關係，你即使帶來床上，我也無所謂的。」她顯得有些索然了。「我看過這種事情。不過是……不過是很無聊的遊戲。那些人是很空虛的，他們一定是覺得恐懼才會那麼做。」

「恐懼？」

「是的，對生命的恐懼，太沉重了。」知子沉下了臉說。

深夜兩點多了，街頭上依然熱鬧非凡。我沿著人行道，信步而行。經過那家賣煙酒的小店時，店主眼尖，立刻把我認出來。

「日本人，你找到情人嗎？」他咧著大嘴笑。

我朝他揮揮手，繼續向前走。接著，我又陷入土著女孩的一個脂粉陣。

我低著頭疾走，有一個女孩則緊拉著我的手臂，不肯鬆手。在吧台喝的那幾杯酒，早已經在我身體內發酵了。我感到一陣情慾的膨脹，幾乎想停下腳步。

「不！」我甩開她的手。

然後，我逃入路邊一家幽靜的咖啡店。我坐在一個靠窗的位置，啜著濃烈的帶渣的咖啡。咖啡店正在播送著一首旋律緩慢的搖滾樂曲，有一位矮小的東方女孩和一位俏麗的西方女孩，在桌與桌間一小塊空處，隨著旋律，如同魚一般扭動著美麗的肢體。

後來，那個西方女孩抬起頭，看到我獨坐一隅，朝我嫣然一笑。我對她友善的點點頭，隨即結賬走了。

三點多，我才回到siwe。把機車停妥後，我沒有立刻進入大廳，靠在門外一塊巨石上，享受陣陣涼爽的夜風。

有幾隻飛蛾，劈劈啪啪的鼓著翅膀，在我身旁飛繞。我望著那些短暫的生命，忽然間感到一陣像「椰子」那首詩句的極度的空虛和失落。那種感覺惡劣極了！我甚至想，是不是該返回台灣了。我覺得我在這個地方，其實跟過去消逝的四年時光沒有什麼不同，不過是徒然浪費生命罷了。

我回到房間，知子在睡，燈熄了。但不知怎的，我總覺得她似乎是剛剛躺下的。

我先到浴室，把自己沖洗了一番。走出浴室後，卻發現知子靠在床頭上，燈也亮了。

「嗨！」我含糊的打了個招呼，看也沒看她一眼。劃清界線就是劃清界線！她沒作聲。

然後，我看到自己這兩天換下的一堆髒臭的衣服，洗得乾乾淨淨，擺在我的床上。

「這是……」

「唔，我白天沒事，幫你洗了。」

我應該向她道謝、或者說一些其他比較更得體的話，然而，我那受了傷的自尊不但阻止了我，反而狠毒的向她譏刺了一句。

「想不到卡夫卡也會做這種事情。」

我希望這句話能把她的心刺得流血，但是我失望了。她靜靜的望著我，臉上浮起一抹寬諒的笑意。

「我倒是看到了一個聰明的男人在做愚蠢的事情！」

「我也看到一個非常愚蠢的女人！」我不太留情的說。

話剛出口，我便後悔了。我眞想立刻認錯，甚至跪下都好。怎麼說出如此無理的話呢？

知子則依舊保持著臉上的笑意。「好吧！如果你覺得自己對。」她拿起一本書，似乎不想再睡了。「我可以開著燈看一會書嗎？你如果還在發怒的話，也許不會那麼快睡。」

「不會的，」我說，停頓一下，「我指的是燈，不會影響我，妳只管看妳的書。」

「謝謝！」

她打開了書。不過，我知道她根本沒有專心看書，同時，我相信她也知道我知道。

我和她如此在沉默中僵持很久，最後是我豎起了白旗。

「我剛才說到洗衣服的那句話……」我清了清乾澀的喉嚨。「其實，那絕對不是我的本意。我鄭重的向妳道歉！那句話實在是沒有意義的。」

「我了解了。」

「衣服洗得這麼乾淨，而且折疊得這麼整齊，讓我覺得像是又回到家裏的日子。」我把那些衣服抱在胸前，同時嗅到一股清新的肥皂的氣息。「真的，我再次向妳道歉。日本話還有比道歉更重一些的詞彙嗎？」

這一次知子大聲笑了。

「謝罪？」她提醒我。

「或者切腹！」

「太可怕了。每次聽到這兩個字，我都覺得心頭一陣一陣收縮。」知子又坐直身子。「它也讓我想到自殺的三島由紀夫、他寫的「金閣寺」、還有日本悲劇性的宿命。噢，我們不要再提這些。我們應該談一些快樂的事情——你回來這麼晚，一定在外面玩得很快樂。說說您的經驗好嗎？」

我把這一整天的情形，大致向她描述一番。不過，我沒有提到那搖著一副金色大耳環的雅加達火焰。

「SARI CLUB？我聽說過那個地方。我想，那兒一定會有女孩愛你的。你整個晚上都在那個地方？」

「是的。」

「沒有漂亮的女孩陪你嗎？」

「沒有！」我斷然說。

她顯然不肯相信，深沉的潭水漾起一陣一陣波紋。

「也不會帶到這個房間的床上。」我又忍不住脫口一句。

她怔了一下。

「其實，這跟我又有什麼關係，你即使帶來床上，我也無所謂的。」她顯得有些索然了。「我看過這種事情。不過是……不過是很無聊的遊戲。那些人是很空虛的，他們一定是覺得恐懼才會那麼做。」

「恐懼？」

「是的，對生命的恐懼，太沉重了。」知子沉下了臉說。她拿起了書，接著又把它放下，並且盤膝坐在床上。「有一句話，我必須說清楚……」

她停下來，靜候我的反應。

「請說，我不會再跟妳爭執的。」

「我必須說清楚的是，」知子急促的說，「你不要想得太多了，我們只是室友而已。也說不定我明天就返回日本了。」

我沉默著，沒有立即答話，先前那種空虛和失落的感覺，又把我淹沒。

「謝謝妳幫我洗了衣服。」我覺得喉部又變得乾澀。

「那只是我在家裏的習慣，眼裏容不下骯髒的東西。」

「處女座！」我強笑著。

「我不懂那些東西——不過，也許。晚安！或者是早安？我想睡了。」

她躺下去。我熄了燈，沒有再聽到她什麼動靜。

後來，有好長的一段時間，在雄雞和鳥兒此起彼落的聲中，我睜大眼睛，凝視著逐漸透亮的門窗。

我始終無法入睡，腦裏全是幻想的知子的影子——她身上那薄薄的T恤、隱約浮現的小小的堅挺的乳房、甚至她最隱密的私處……

我翻一個身，像野獸一般蜷曲著身軀，同時緊咬著牙不讓自己發出聲音。

14 可愛的日本瓷娃娃

這倒是稀罕！她從來到巴里島之後，整天窩在床上，也沒跟外面連絡，怎麼忽然冒出很多所謂的朋友？

也許是同機的一些蝴蝶？不對，扯不上。

看她這付打扮，倒像是準備赴一個高貴的盛宴。

眼前一亮，我幾乎不相信那是眞的。

八點多，我便醒了過來，屋裏又悶又亮，我無法再睡下去。睜開眼，卻看到知子穿得整整齊齊，端坐在床邊，若有所思。

她穿一套黑色裙裝，下擺部份斜斜繡著一串白色花朵，很像日本時裝家三宅一生的作品，頸部則又繫上那條細緻的黑色絲巾。

「對不起，吵醒您了。」她端坐未動，雙手交叉，優雅的放在膝上。

「準備赴宴嗎？」我開玩笑說。

「是的，一個約會。」

「在那兒？」

「就在Ubud。」

「我好像沒聽妳說這兒有什麼朋友。」

「我沒說，其實很多。」

這倒是稀罕。她從來到巴里島之後，整天窩在床上，也沒跟外面連絡，怎麼忽然冒出很多所謂的朋友？

也許是同機的一些蝴蝶？不對，扯不上。看她這付打扮，倒像是準備赴一個高貴的盛宴。

「需要幫妳找一部車嗎？」

「我正想跟你商量。」她斜睨著我，帶一些頑皮味道。「路不遠，希望你能陪我走一趟。」

「這種時間去約會？」

「只是一個約會而已，我不能勉強你。」

「我得先吃早餐。」

「我也想吃一點東西，免費的、很好的早餐。」她模彷小鬍子的口氣，看上去很開心的模樣。

所以，那天早上我匆忙的盥洗一番，只穿一條短褲、赤腳，便陪她下樓了。你可以想像，小鬍子看到這幅奇特的畫面，一撮鬍子上下飛動得多麼混亂。

這是知子第一次參與SIWE小小的社區活動。她那一身耀眼的裝扮，伴著我光溜溜的膀子，連我自已也覺得未免滑稽。

「噢！」小鬍子抬頭仰望，倒抽一口氣。「漂亮的日本小姐、很好的上場了。各位小姐、先生，這就是台灣人、和他的漂亮的情人。很漂亮的情人，大家看！我沒有說謊。」

知子的臉有些紅了。但她竭力保持鎮定，優雅而高貴的、不疾不徐，走進餐廳。

幾張餐桌都坐滿了人，簡直擠不出座位。稍加考慮之後，知子插進那兩位澳洲女孩和一對男同志的一桌；我跟另外幾個光膀子的擠在一塊。我四下打量一眼，那個法國人和美國的加州研究生都在座，另外是兩個尚未見過面的澳洲青年，沒有看到澳洲胖子。

我還沒坐定，法國人便向我供應一個驚人的消息。

「印尼當局把那個死胖子帶去問話了。」

「誰？」

「澳洲胖子啊！」他壓低了聲音，一副幸災樂禍的嘴臉。「台灣人我親眼看到，兩個帶槍的便衣把他從床上帶走。」

美國人大概聽得不耐煩，嫌厭的皺了皺眉頭，冷哼一聲，隨即起身走開了。法國人望著他的背影，伸出中指，做了一個侮辱的手勢。

「我戳到他的疼處了！」他冷笑一聲。「這證明一件事，美國人是不能做朋友的。他們只講美國人自己的利益。還有，他們不論走到什麼地方，都會帶來麻煩。」

他越扯越遠，我越聽越糊塗，完全摸不著頭腦。

「澳洲胖子惹什麼禍了？」

「我不是告訴過你嗎？」法國人不滿的說，「那個鬼鬼祟祟的傢伙，他若不是印尼當局的特務，必定是CIA的狗腿子。所以，現在眞相大白了！印尼當局既然把他帶走，那麼他當然是給CIA窩底的。」

「澳洲胖子？」我仍舊難以置信。

「對，澳洲胖子。不過，他其實是南非人，還說不定根本無國籍，所以應該稱爲南非胖子或者是無國籍胖子——這個死胖子居然跟我爭奪女朋友，ADIEU（法語：再見）！」

我幾乎不相信自己的耳朵，他的說法實在太離奇了。

「這得從印尼的國父蘇卡諾說起——喂，主人，給我添一杯咖啡。」他大聲叫。「台灣朋友，你了解嗎？這是一段很長很長的歷史。」

「蘇卡諾？」我覺得我的頭大了兩倍。

「OUI！OUI！OUI！（法語：『是』）蘇卡諾，他們印尼的國父，以及他那勇敢的女兒。你到街上到處可以看到他那個女兒的海報和一個牛頭……」

小鬍子拿著咖啡壺走過來了。他一邊倒咖啡、一邊向我做眼色。

「你的漂亮的情人，今天、很特別的漂亮。」小鬍子讚美說，不自禁的揮舞他那條無形的鞭子，差點把壺中的咖啡潑到法國人頭上。「啊！多麼聰明的日本人。她能夠拿到很好的價錢。」

「很好的價錢？」法國人豎起了耳朵。

小鬍子沒理會，晃著腦袋走了。

「這個『價錢』是什麼意思？」法國人接著向我問，顯然又挑起了他那豐富的想像力。

我不願回答這個幾近侮辱的問題，對他板起了臉。不過，這個法國人碰到跟情慾有關的事情，顯然不能保持理智，急呼呼的向我追問下去。

「你說……那個漂亮的日本女孩不是你的情人，那麼，你能替我介紹認識嗎？」

我決定教訓他。

「我不認為這是一個很好的主意。她不是我的情人，但是也不能受到你這般對待。剛才旅館主人口中所說的『價錢』，跟你的我的她的肉體統統扯不上邊。我的答覆能讓你滿意嗎？」

法國人被我說得目瞪口呆。他顯然沒料到我的反應如此激烈，一度似乎打算發作，但終究強按了下去。

澳洲胖子的故事才起頭哪，我可是現場唯一留下的聽眾，同桌的旅客大概都聽得耳朵生繭紛紛離座了。

他尷尬的笑了笑，接著聳了聳肩、攤了攤手。

「台灣人，你把性這種事看得太嚴重了。請不要誤會，這是巴里島。如果你喜歡，我甚至能夠把我的情人——譬如我說的那個做愛機器，跟你共同分享，不過澳洲胖子例外。」

「謝謝你的好意，我是東方人，我還是認爲——」

「好極了！我們終於獲得一次良好的溝通，東方、西方，呵呵！」法國人又回到原點，繼續口沫橫飛述說那個中斷的間諜故事。「說到蘇卡諾，他當年下台後，蘇哈托取而代之，實行獨裁專政，整肅異己，大舉擴張裙帶關係，官商勾結，貪污腐敗，結果造成這次政治和社會上的大動亂而被迫下台——噗、噗、噗！這種咖啡眞難喝……」他把杯子一推。「那麼，你會問，這跟蘇卡諾的女兒有什麼關係呢？」

「還有澳洲胖子。」我提醒他，覺得他不知所云扯得太遠了。

「對！那個死胖子，其實他也可能是俄羅斯逃亡的通緝犯。你知道嗎？俄羅斯也有黑手黨的。」法國人又把咖啡杯拿到手上，喝完最後一口渣滓。「再說哈比比上台後——這你應該知道，人民不歡迎：蘇卡諾的女兒——什麼名字我說不出來，原本自組一個政黨與蘇哈托對抗，但被蘇哈托運用內部矛盾把她趕出去，現在是個機會，她又組成另一個政黨，準備參加印尼總統大選。這就是關鍵所在了！不過，台灣朋友，我覺得你對我有些誤會。我的原則是，好東西大家分享——」

「澳洲胖子！」我再度提醒他。

「對，那個死胖子，」法國人猛眨一下眼睛。「剛才我說到什麼地方？噢！參加印尼總統大選。你看過前幾天的英文報紙嗎？」

我搖搖頭。

「報紙是應該看的，」法國人鄭重的指點我。「台灣朋友，印尼隨時會發生更大的動亂，你不看報紙，不能掌握訊息，說不定政局一變回不了家。說到報紙，那個死胖子也可能上報，接受公開審判。我告訴你，報紙要看——」

說到這裏，他突然停下來了。眼睛瞇呀瞇的，向我背後望去。

「你的日本情人眞的很棒！」法國人讚嘆的說，「她是日本皇族的女孩吧！噢！那麼的高貴、性感、迷人！」

我扭回頭，看到知子跟同桌的旅客們，談笑甚歡。那兩個澳洲女孩和一對男同志，以她爲中心，圍在四周，把她寵得好像在欣賞一個可愛的日本瓷娃娃。

知子似乎也很開心，不時掩口而笑，這讓我聯想到穿著鮮艷和服的京都女子的嬌態。

我跟法國人一樣，也看得有些痴呆了。這時，知子恰巧也朝著我的方向迅速掃了一眼，不過，我感到她似乎不願讓別人察覺。我相信她知道我在向她愛慕的注視，而且她知道我也知道她知道。

「說到那個死胖子……」這一次倒是法國人提醒了我。「報紙上也提到過，蘇卡諾的女兒最近有意到巴里島集會造勢，召開群眾大會。你到外面去看，到處都有她的海報和她那個政黨的牛頭標誌。所以，此地目前的局勢可說是外馳內張。印尼當局害怕引起暴亂，派出大批特務進駐搜集情報，追捕間諜。所以嘛，死胖子落網了。」

他停頓下來，熱烈的期待著我的反應。

「我必須走了。」我客氣的說，看到知子也已離座。「謝謝你的故事，它很有娛樂性。」

「娛樂性？」法國人不解的問，眉頭皺了起來。

「這意思是……」我故意停頓一下，回報他一點懸疑。「故事性很強。ADIEU！」

知子走到我身邊，親暱的挽起我的胳膊。我驚訝的看她一眼。不知爲什麼，我覺得她這是故意做給什麼人看的。

而事實上，我猜得沒錯。後來我們剛踏出大門，她便把手鬆開了。

「我們走嗎？」她笑著說。

法國人大概覺得機不可失，猛然向前衝出一步。

「美麗的日本小姐，能認識妳眞讓我感到非常的榮幸！」他捲著舌頭說，臉不紅氣不喘。「我是你的台灣朋友最好的朋友。太榮幸了！」

接著，他居然冒失的抓起知子的小手，彎下腰咂咂有聲吻了一下。

知子跟我一樣，被他這突然而來的舉動，搞得目瞪口呆。

「MERCI（法語：『謝謝』）！」知子有些啼笑皆非的模樣。

「噢，這是我聽到的最甜美的聲音了！」法國人閉上眼迷醉的說。

15 與憂鬱對話

多年前，當我幾乎還是懵懵懂懂的年紀，我跟卡謬也做過一段時間的對話。然而，我和他一樣，結論是「生存之外無他」。而那些對話都變成我的一個沉重的包袱了。

我能了解知子的心境，但我不想接受。我所選擇的，跟她不同。我所渴望的、所追求的，看來在這塊充滿著混亂、衝突與矛盾的土地上，唾手可得。我不需要跟任何人對話，只要做愛便夠了！

在巴里島，不論是在路邊、或民宅內，隨處可看到一種簡陋的休閒處所。有人把它諢稱爲「發呆亭」、或者是「是非屋」。它的構造很簡單，以四根木柱支撐，搭成一個長方形涼亭的形狀。亭頂用木板搭蓋，地板上放置著床、桌、椅子、有的甚至什麼都沒有。地板下則有一個相當高度的空間，大概是爲了達到防潮和通風的目的。

這種發呆亭是土著之間互動交誼的場所，比較特別的是，它屬於男性專用。大致上，女人、孩子，都不能踏上一步，是巴里島傳統文化的一個特色。

巴里島的男人，一向不理農事和家務。他們常常是一大早三、五成群，聚集在發呆亭裏，說長道短——包括鬥雞、木彫、昨天的雨好大、風往那個方向吹、香煙漲價、蚊子叮咬、乃至於跟老婆作愛的技巧。總之，都是與男人有關的重大事件。

當然，話題也少不了他們最缺少的金錢。

譬如——

甲：「你最近身上有過幾張鈔票？」

乙：「唔，我的手指很久沒有摸到鈔票了。家裏爛椰子很多！」

丙：「老婆沒有給你賺錢嗎？」

乙：「你倒是提醒我了。唔，我很生氣，等一會就找個時間揍她兩巴掌。你最近有沒有生氣打過老婆？」

丙：「每天生氣、每天打。我鬥雞輸了錢怎麼不打一打？」

大致如此。

知子的約會地點是Ubud RAYA路旁的MESEUM NEKA美術館，依她那份京都女子優雅的氣質，選在這種地方會面倒是挺適當的。

據知子說，路程只不過五分鐘。我們從踏上巴里島巧遇到小鬍子之後，便對「五分鐘」這個時間概念，變得過敏。不過，知子向我保證，她仔細研究過，斷然不是SIWE主人口中那種「五分鐘」。

「你的生命、應該不至於吝嗇到多浪費這點時間吧！」她笑著說，拐彎抹角，語帶譏刺，讓我聽得好累。

我嚥不下這一口氣。「其實，如果妳願意的話，我倒是心甘情願把整個生命的時間，都讓妳隨意去浪費。妳剛才好像說的就是『浪費』兩個字，我的耳朵沒有聽錯吧！」

「你的耳朵很好！」知子說，臉色卻沉了下來。「問題是我，恐怕沒有什麼可以陪你浪費的時間。我走累了，可以在路邊休息一會嗎？」

外面烈日當空，天氣十分炎熱。我在離開SIWE之前，聽從知子的建議，向小鬍子買了一大瓶「阿瓜」牌瓶裝礦泉水，一路上把它抱在胸前。這是遊客在巴里島上不可或缺的寶貝——不止是飲用，還能在頭部潑一些澆涼。

路邊不遠處，有一個發呆亭，我建議知子到亭上休息。

「你想我能爬上去嗎？」她微微的喘息著。

「我抱妳上去。」我說，不禁又幻想著她衣服內的肉體。

她搖搖頭。「那不是我能夠接受的方式，何況，在巴里島這個地方，女人好像沒有資格到上面去。我不想觸犯他們的禁忌，坐在亭下的陰涼處休息好了。」

我們其實只走了大約三分鐘，從空曠的路上望過去，美術館那個不算怎麼起眼的建築，已近在眼前。

我把身上一個小型的輕便背包，墊在一塊木頭上，讓知子坐下去。

「坐在這種地方心情又不同了。」知子滿足的說，抬頭望著天空。

樹上的蟬在任性的聒噪、花叢中的蝴蝶在展姿飛繞、花兒在風中搖曳爭艷，路上行人不多，四周一片沉寂。

偶而有一輛車子駛過，彷彿忍不住寂寞的響一下喇叭，叭——叭——叭——的疾馳而過，捲起一陣熱風。

「距離美術館不遠了。」我指了指那幢暗紅色的建築。

「我不急。」知子說，接著她彷彿在自言自語，「等這種約會等了這麼久，覺得真是害怕。」

「這是一個很久以前定下的約會嗎？」

「不，一個比喻而已。」知子搖搖頭，「對不起，我大概是熱昏了，在胡言亂語。我其實，並不是跟什麼人碰面，而且，我還有一個比這更重要的約會。」

「我聽不懂。」

「你不必懂，會讓你很累。走吧！」

我不想走進那個美術館，不為別的，純粹是心理上的一種抗拒。我開始了解，知子所謂的約會，確實如她所言，一個比喻而已。她是來參觀巴里島的美術品的。這倒是不言可知，她從京都遠遠的跑來，居然不分晝夜窩在床上看書，又抱病冒著烈日走向一個藝術的殿堂。這是知子這個京都女子的面貌了！

我不同。

我不想跟這些形而上再扯上關係，也沒有比它更重要的什麼約會。或者有，或者是能把人燒焦的莎莉、或者是澈頭澈尾的墮落、或者是毀滅。

把我看成是行屍走肉吧！我不配、也不想、也不喜歡跟她走同一條路。

我走我的，甚至走那個法國神經病的也好。大家共享嗎？也不壞。只要感覺快樂就好！對，感覺。快樂不一定是欣賞他媽的什麼美術品——冒著炎熱的大太陽哩！

於是乎，我謝絕美色和良知，決定等在門外。

然後，我一忍、再忍，足足等候近兩個小時，知子仍未出現。

這是極限！我告訴自己，京都女子太任性了。她應該像巴里島的女人，挨一點兒打也許更符合日本傳統。

我滿懷著惱意衝了進去！

整個美術館內，如墳場一般寂靜，只看到零零落落三、五個遊客。我繞了半圈，才發現知子的身影。

她如同一座彫像一般，一動也不動，在一幅畫作前面，雙手支頤而坐。

我從她背後走過去。美術館內那種肅穆的氣氛，迫使我放輕腳步，滿懷的惱意也跟著消失大半。

「妳還想再看下去嗎？」我低聲問。

「噢！」她彷彿剛自夢境中醒來，緩緩的坐直身軀，隨著把手也放了下來。

我看一下那幅畫，不禁心頭感到一震！畫作上是一個滿面憂色的少婦，並且幾乎跟知子先前相同，雙手支頤而坐，背景則是一片濃重的陰鬱的藍色。

我很快便被它感染，一股綿綿而來的難以承受的壓力，彷如一塊巨石倒在身上。

我扭開臉。

「知子，我們走吧！」

「啊！」她回了一聲，有如囈語。
「妳一直在看這幅畫？」
「我！」她搖晃了一下。「不，我在……算是對話吧！」
是在對話？我能了解。當你渴望獲得或失去某些東西，譬如一種諒解、一種傾訴、一種疑惑、一種安慰、或一種無語的責難……你會尋求一個適當的對象，進行你與他之間的對話。那個對象不一定是誰，但必然能贏得你的感動和信賴。這或許是一個人、或許是一位神祇、或許是一本書、一條河、一面牆壁，或許如同知子一般，是一幅無名的畫作。
我能了解，多年前，當我幾乎還是懵懵懂懂的年代，我跟卡謬也做過一段時間的對話。然而，我和他一樣，結論是「生存之外無他」。而那些對話都變成我的一個沉重的包袱了！
我能了解知子的心境，但我不想接受。我所選擇的，跟她不同。我所渴望的、所追求的，看來在這塊充滿著混亂、衝突與矛盾的土地上，唾手可得。我不需要跟任何人對話，只要做愛便夠了！
我不接受。
「走吧！」我催促她。
她終於站了起來。然後，她好像溶入一段破舊的黑白影片的人物，緩慢的轉

過了身，那時，我看到的她面容蒼白得可怕，淚像泉水一般簌簌的落下……

我一時手足無措，滿懷著憐惜的心情，把她一擁入懷。

我有一個錯覺，這個美麗的日本瓷娃娃，也許隨時會倒下地，化爲一堆碎骨！

16

我希望她永遠快樂

如果我們相愛，那是不對的，是沒有道理的、是沒有用的。我的這個判斷應該沒有錯。一次旅遊途中的戀情，最後很可能變成連起碼的尊重都欠缺的性愛遊戲。至於知子，我想，她也許比我的感覺和想法更強烈。

幾乎是每隔一段時間，便會陡的下一場大雨。它驟然而來，一陣無情的撒潑之後，又驟然而去。

此外，知子則幾乎是每天吃過早餐後，都央請我陪她在Ubud地區參觀博物館和一些私人經營的木彫、蠟染、銀器等商店。

偶而，她也會買一些小小的、零碎的紀念品，譬如飾品和T恤一類。而有一些看來不怎麼起眼的廉價的東西，只要穿戴在她的身上，便會像變魔術一般，相互輝映，倍添光采。這讓我不時感到非常的驚奇！

我就不同了。不管如何高貴的衣物，似乎在我身上不能穿出任何效果。總之，一眼看上去我就是個粗率的男人，T恤加短褲加拖鞋反而自然些。

知子每到那些場所，總是一副盛裝的亮眼的打扮。唯一的一次，是有一天原本計劃參觀首府Denpasar的一家博物館，她卻跟我一樣，換上了一身少得不能再少的『遮羞布』。這可讓我大開眼界，而小鬍子尤其看得目瞪口呆。

「你的、非常非常漂亮的日本情人……」他的鬍子上下飛動，費力的說著怪腔的英語和運用著僅有的字彙。「皮膚非常的……白色，非常、SEX的骨頭、迷人感覺。」

我能了解他的意思，形容得倒也貼切。所謂的什麼SEX、骨頭、感覺……應該指知子那略嫌削瘦的身裁。其實那是知子最迷人之處，它揮散著一種與眾不同的氣質——有如風中搖曳的柳枝一般，那麼的優雅、而且讓人不自禁的憐惜。

我爲了迎合知子的裝束，曾特別跑到Kuta，在KUTA SQUAR路上，有一家法國人開的STUDIO ANIMALE商店，選購一件比較價廉的VERSACCE米色麻布西裝上衣，並搭配一條黑褲。腳上則依舊是運動鞋。遺憾的是，我穿上那一身名貴的衣服，走路都覺得有點困難。我就是這麼不能上檯面！記得當初在大老板面前，也挨過不少次帶著角度的訓話，原因就是我不懂、也不搭穿。

知子看到我穿著那麼一套衣服，口頭上沒做任何批評，但我可以感覺到她不以爲然。

走在路上，我四肢僵硬，舉步維艱，她不時咬著嘴唇斜睨我一眼，嘴角上露著一抹忍俊不住的笑意。

我當然有自知之明，只穿了一天，便把它胡亂揉成一團塞進背包了。

「這才對，本來挺帥的嘛！」知子高興的說，「你穿那種正正經經的衣服，不只是你累，其實我更累。還是做你自己吧！」

「這是爲了妳才穿的。」我嘟囔著說。

「謝謝！」知子說，然後她終於忍不住噗哧一聲笑了。

那天，我們相偕走出SIWE後，我越想越不對，她怎麼忽然改換這種打扮？我對服裝雖不甚了解，但我知道它跟一個人的心情、尤其是赴會的場所，具有密切關係。我在花園入口處停下腳步。

「知子，我不相信妳今天是看什麼博物館，說出妳的祕密吧！」

「你很聰明，不過我沒有祕密，只是想看一看巴里島的一些景點。」

「我還是不相信！」

「好吧，既然你這麼逼我……其實也沒什麼，你已經陪了我兩天，我又表現得那麼無趣，所以……我想抽個時間，專程陪你到外面走一走。很對不起，我太任性了。這兩天恐怕把你悶壞了。」

她說得那麼婉轉、那麼細膩、那麼動聽，彷如一股潺潺的溪水流過我的身上。

「什麼景點？」

「這得問你吧！我只看過一些簡單的資料，譬如猴園、象洞、Sanur和Kuta BEACH——其實海灘也好，我也能趕一點時髦。」

「什麼時髦？」

知子冷然瞪我一眼。「你不要以爲我不懂，本來你把我也看成那種日本女孩的。SIWE的那些男人，大概也在背後用那種眼光看我。我們今天就去海灘——說到趕時髦，你這付外貌跟BEACH BOY差不多。走吧！」

我回憶這幾天在Kuta和Ubud地區，至少看過三、四次，常是一個東方面孔的女孩，和一個比她矮小而黝黑的土著男孩手牽著手，走在街頭。那幅情景頗令人發噱，原因是女孩總是表現著一副昂然的主人般氣勢，男孩則有些畏畏縮縮的偎在身邊。這可大大的有悖巴里島的傳統了。

「你讓我做妳的BEACH BOY嗎？」我的心大動了。

「怎麼不可以？」她又對我斜睨一眼，幾乎只看到眼白，「只是皮膚太白，不投日本女孩的味口，曬一曬再說。」

原來是一個嘲弄的詭計！

「我們在海灘上混一天嗎？」

「有什麼不可以？不過你如果有興趣的話，也可以挑一些你更喜歡的。」

「我希望跟妳一起。」

「我會的。不是說過嗎？這算是台灣節，京都女子陪伴。CLUB大概是你的第一願望吧！這得等到晚上再說，還得祈禱我的身體是否能撐下去。」

「我很擔心這一點，妳真的撐得住？」

「試試看。總之，我非常願意陪伴你。這身打扮妳還滿意嗎？」

「我……我……」我結結巴巴的，覺得喉頭又變得乾澀，再也說不出別的言語了。

「那麼走啊！」知子催促說，又挽起我的胳臂。

不知是外面天氣太熱，還是我自己燒起了一把火，總而言之，我們搭上一輛計程車——什麼顏色、什麼車錶都不理會；一路上都感到有如帶著醺醺的醉意，直奔Kuta BEACH。

從海灘上向前望，是翻滾著白浪的無邊無際的藍色大海。沙灘上，擺著一列五顏六色的遮陽傘，許多遊客已經躺在椅上享受著早晨的海風和陽光。海上浪頭很大，穿著彩色緊身衣的衝浪者，也開始在波浪的頂端飛躍、翻滾。

這些遊客幾乎都是金髮碧眼的西方人，還沒有看到東方面孔。或即使有，也多半是日本人。在這個時間，寄生在海灘一帶的土著beach boy，尚未露面。他們多半黃昏時分出現，在充滿著浪漫氣氛的落日餘暉浸浴中，四處遊走，並主動的跟女性遊客搭訕。

有不少女性遊客是專程跑來尋求一時肉體上的刺激的，有的是單獨一個人，有的則是三、五成群。她們有如飢餓的鯊魚，鼓脹著滿腹情慾和濕透的下體，在海灘上搜尋獵物。

有些是年輕美麗的、有些是年華已逝的；有些是開放的夫妻、有些是貪慾的情侶；有些東方人、有些西方人……

我和知子可能是最獨特的一對。我們併肩躺在椅上，但卻不是一對戀人。我不認爲她眞的愛我、或我眞的愛她。我想她也一樣。我們只是偶然相遇，同住一室，各自在尋求自己想要的東西。

走的路不同、想法不同、感受不同——噢，也許我對她是鍾情的，或者她也許對我是心動的。不過，我們始終互相抗拒，從未做過進一步的探索。我們知道，如果我們相愛，那是不對的，是沒有道理的、是沒有用的。我的這個判斷應該沒有錯。一次旅遊途中的戀情，最後很可能變成連起碼的尊重都欠缺的性愛遊戲。至於知子，我想，她也許比我的感覺和想法更強烈。

整個上午時間，我們都靜靜的躺在椅上。沒有下海，甚至沒有交談過幾句話。

不過，彼此偶爾做出一些某種含意的動作、一個眼色、或一抹微笑……足夠填補內心的虛空了。

一般來說，西方人和東方人——尤其是台灣人，對旅遊的觀念有很大的差距。西方人多半選擇一個定點，譬如，他們也許把幾天的假期都放在一片沙灘上，仔細的品味、享受，而東方人、特別是咱台灣同胞，卻總是希望能花最少的錢，並且在短暫的幾天內，走遍每一個可以回家誇耀一番的地方。在旅遊途中，你會常常看到一個奇怪的現象，一大群的男男女女老老少少可愛的台灣同胞，手上大包小包，張著大嘴，行色匆匆，他們總是看看猴子、騎騎大象、或者跟小販們爭吵著買些廉價的紀念品。呼嘯而來，呼嘯而去，背後則永遠有一個手持指揮

棒或皮鞭的在地導遊押陣。

你看過多少獨行的台灣旅者?沒有。倒是有不少台灣的年輕女孩,三三兩兩,背著沈重的背包,著T恤、短褲、拖鞋,風塵樸樸,汗流浹背,堅定的走在陌生國度塵土飛揚的道路上。

她們那份獨立、自主的精神——尤其是那個具有豐富象徵自主意義的背包,常讓我感動得不能自己!

她們不是蝴蝶。她們走出去,走在大地上,眞實的體驗大地的豐饒,留下自己眞實的腳印。

我和知子一直到太陽直曬到頭頂上,才依依不捨的離開那個美麗的海岸。三個多小時過去了。也許是海風的關係?知子看上去毫無倦容,走在沙灘上,她甚至不時跳跳蹦蹦的,像孩子一般嬉戲。這讓我感到寬心和高興。我至今不知她究竟罹患什麼疾病,她不願談起,我也不便探詢。對女性來說,它應該是相當隱私、是一個非常嚴重的話題,我不能輕率的發問。也許根本沒有什麼嚴重,我有時想,否則她何至於獨自跑到巴里島這個遙遠的地方?

不,沒有任何所謂的嚴重。這短暫的幾天共處,也使我內心強烈的抗拒那種想法。我不認爲這個美麗的京都女子,不管現在、未來、會發生任何不測。

「妳不覺得累嗎?」

「不！」

「回去休息？」

「不！」

「好吧！」我退讓的說，「如果妳在路上累倒的話，我絕對有力氣把妳抱回去。妳想不想讓我抱一抱？」

「不！不！不！」她快樂的彎腰笑著。

我希望她永遠快樂！

17 一切徒然之必然

我愛她嗎？這可讓我難以自問。我沒有愛她！可能只是想尋求一些旅途上的慰藉，或者只是虛榮心作祟。我不能欺騙自己，至於她是否愛我，我眞的不了解，也不必了解。其實，不論兩人如何，到頭來還不是拍拍屁股各自走了。

我們中午是在KUTA一家PADANG FOOD小吃店進餐的。這種當地傳統的餐飲，在巴里島隨處可見。手推車上有、小吃店也有、更高級的餐廳也有。

進入小吃店，店員立刻把十幾盤各色菜餚，堆疊到桌上。知子驚訝的望著滿桌美食，不知如何下箸才好。

「太多了。」她皺起眉頭。

「這是可以挑著吃的。」我向她解釋：「吃一盤、算一盤的賬。其他嘛，讓妳免費欣賞。」

如我所料，知子食量很小。吃了少許蔬菜，喝了半杯酪梨汁。

「很好吃、也很飽了。」她笑著說。

我不敢勉強她。我的食慾一向特佳，狼吞虎嚥，吃了七、八盤，包括炸蛋、牛肉、蔬菜，和一碗白飯，外加大杯酪梨汁。接著，我還故意在知子面前拍拍肚皮，打了一個飽嗝，讓她笑得如同柳枝般搖曳，又露出半個可愛的圓圓的小舌頭。

我提議找一家咖啡店坐坐，她立刻答應了。不過，咖啡端上桌之後，她開始變得沉默，咖啡也沒有沾嘴，並不時皺眉隱約露出痛楚的表情。

「我想回去SIWE了。」她的聲音變得好虛弱。「很對不起，恐怕又要讓你掃興了。」

我連忙結賬，跑到門外攔車。一路上，知子一語不發，像貓一般蜷縮在車座的角落上。我非常後悔！實在不應該帶她跑到那麼遠的地方。我相信，她僅有的一點點體力必定耗盡了。

好久、好慢，終於回到SIWE。剛踏進門，迎面遇到法國人。他瞇著眼，好像一隻青蛙蹦蹦跳跳迎上來。

「哈囉！」他張開雙臂，彷彿多時不見，一副準備擁抱的姿勢。「我能請你和美麗的日本小姐喝杯咖啡嗎？」

「很抱歉！」我用手擋開他，攙著知子朝樓上走。

法國人不肯罷休，居然追了上來。

「台灣兄弟，這是一個誠意的邀請。我想告訴你很有趣的故事……」

「vous me rendez malade！你真是讓人『厭煩！』」我不耐的說，又擋開他的手。「你應該看到這位小姐的情況。請走開！」

「真難以相信！C'EST INCROYABLE！」法國人在背後嘓嘓的叫。

走進房間，知子倒在床上。我拿一杯水，小心的湊到她唇邊。

「把葯拿來給我……」她虛弱的說。我扶起她，讓她吞下兩粒粉紅色葯片。她輕喟一聲，隨即闔上眼。

那天下午，我足不出戶，始終在房內陪她。知子沉睡著，我躺在床上，凝望著牆上那幅土著婦女油畫。我看到她那原來浮在嘴角的一抹溫暖的笑意，忽然收斂起來，換成一個卑夷的冷笑。

天色暗下來了。

我的眼皮變得沉重，視線逐漸模糊。土著婦女忽然從我面前掉頭而去。我翻一個身，進入黑暗的夢鄉……

我做了一個內容混亂的夢：知子坐在床邊，望著那個土著婦女消失後留下的油畫空框，淚流滿面。我安慰她，她滿面怒容，不肯理睬。

然後，我難過的從夢中醒來，卻發現知子當眞端坐在床邊，雙手交叉放在膝上，默默的向我望著。那種情景，彷彿是夢境與現實連結在一起了。

「嗨，妳醒了！」我驚訝的叫了一聲，脫口而出居然是華語。

她欲言又止，繼續高深莫測的向我望著。我忽然感到一陣如巨石壓身般的沉重，有一種潛在內心許久，預期可能出現的不愉快情況，終於必須面對了。

我不再開口，只能擺出一副無辜的待罪的表情，靜候她列舉罪條。

我們互相默默的對望著，許久、許久——

那眞是難捱的一刻，逼得我幾乎想大聲喊叫！

「我實在不知該怎麼啓齒……」知子終於開口了。「大偉，這是讓我、應該也是讓你一樣感到非常爲難的事情。我希望你能諒解！」

我當然能諒解。其實她不必說出口，我已經大概明白是些什麼罪條了。沒有審判過程，現在所等候的不過是預知的判決罷了。

「我非常的感謝你，大偉，這些日子以來，你給我很多很多。」知子說，她很平靜、也很婉轉，那是京都女子的特色。但我能感覺她有一股強自抑制的情緒——其實那種平靜就是不平靜，那種婉轉更是不可挽回的。

我不接話，耐心等著最後一刻。

「很多很多的幫助、很多很多的快樂……」知子的聲調逐漸急促了。「但是，我必須說，應該是『STOP』的時間了。（突然轉爲英語的確比較婉轉。）」

這一次，我點點頭，幫她再加上一個句點。終究還不是「TIME TO SAY GOODBYE」，我想，心中多少有點寬慰的感覺。

「我知道你會爲難、我更爲難。我們一開始就錯，錯在我明知是一件爲難的事情，卻……」她停頓一下，又急促的接下去。「大偉，這是徒然的，我們現在還來得及停步。不必再費心我的事情了，你去找你想要的，我還能照顧自己。」

「妳把事情看得那麼嚴重！」我忍不住衝出一句。

「很嚴重，只是我不想解釋。這個問題已經讓我苦惱多日，前後都找不到出路。我也許對你不夠了解，但是像你這樣的一個人，遠遠的跑到這個地方，我確信你在逃避一些東西。我了解人的脆弱，而不論是你、我，都沒有理由再承受更多的傷害。」

我無法反駁，儘管我是很不甘的。但她說得對！該是停止的時候了。我沒有愛她、她沒有愛我。陌生人而已！

我愛她嗎？這可讓我難以自問。我沒有愛她！可能只是想尋求一些旅途上的慰藉，或者只是虛榮心作祟。我不能欺騙自己，至於她是否愛我，我真的不了解，也不必了解。其實，不論兩人如何，到頭來還不是拍拍屁股各自走了。

至於說到傷害，我倒是自信不能傷害到我。那麼，她為什麼認定會造成傷害呢？

「是的，我完全了解了。」我困難的擠出一個笑容。「知子，妳瞧，我們彼此能夠做到如此的坦誠，也是一件讓人快樂的事情。不論我們是什麼關係，我衷心希望妳快樂！」

她站了起來。

「我想到花園裏走走了。再見！」

她那削瘦的背影，一眨眼消失在門外。其實也好、也對。我有什麼理由讓自己再陷入一個更大的困境？再見！也好、也對。回到原點不是很快樂嗎？也許我今夜便應該找莎莉燒一把大火！

我不斷的安慰自己。那個土著女人彷彿又走回畫框，繼續對我發出溫暖的微笑。

而外面躲在樹叢中的蟬，此刻則此起彼落的對我鼓噪著。

可以說謊
可以愛

一個自助旅行的大浪漫

18 兩個不同的世界

我的世界比知子的熱鬧多了。我也在跟時間賽跑，不同的是，我是麻痺自己的靈魂。生命的價值在於延續更多爛污的生命，生活的意義在於創造更多鬼混的機會。胡說八道，都有一理。

接下來的那些日子，我大致是白天睡覺，午後跟SIWE的旅客們在餐廳裏閒扯，入夜後則跑遍各區的CLUB、小酒館和咖啡店瞎泡。

我不太了解知子的情況，只看到她每天起床後，忙著進進出出。大概是赴她的什麼鬼約會，到處參觀和欣賞一些藝術品。

她給我一個印象，彷彿是在跟時間賽跑，緊守著靈魂，把軀殼丟開不顧了。而我們自從有過那次對話之後，表面上固然維持著起碼的禮貌，實際上很少眞正有什麼交談。哈囉、午安、（其他時間看不到人）等等，一類的。我的髒臭衣服丟了一地，她沒有再拿去洗——怎麼忍受我就不清楚了。

有時，她似乎夜裏睡得很不安穩。時常聽到她上床、下床、和出入浴室的悉率悉率的聲音。有時可能是服葯，但有一次我甚至隱約聽到她在嘔吐。我當時非常的關心和疼惜，但我強忍耐著，不去理會。

她的健康情況確實越來越差，服葯的頻數更多、面色更蒼白，眼眶也明顯的下陷了一些。我看得出，她能夠照常出出進進，全靠著一股堅韌的意志力。她在人面前，總是盛裝出現，並開始化一點淡粧，以掩飾自己。她也總是露出一臉優雅的微笑，打動每一個人的心坎。如今，那兩個澳洲女孩算是她最知心的朋友了。她們不時跑上樓來找她，嘰嘰喳喳，聊得好不開心。知子通常只是一個忠實的聽眾，不過，她似乎也很開心，樂得享受這份純淨的、短暫的友誼。

有時我在睡覺，她們不理會，我也置身局外。還是那句話，我倒下去就是一塊誰也撼動不了的石頭。

我的世界比知子的熱鬧多了。我也在跟時間賽跑，不同的是，我是麻痺自己的靈魂。生命的價值在於延續更多爛污的生命，生活的意義在於創造更多鬼混的機會。胡說八道，都有一理。生殖器不只是用來小便的，我們跟僧侶、修女、或獨身主義者相比，都知道那玩意還有一種更好的用處。

澳洲胖子又出現了。這讓許多旅客大吃一驚，原因是他們跟我一樣，都聽過法國神經四處廣播的那個離奇的間諜故事。

我在餐廳看到澳洲胖子又獨坐一隅，面前照例擺著一瓶啤酒。我不禁瞪大了眼。澳洲胖子大概被我瞪得不舒服，雙手握成拳狀，比在桌面上，回應我一副挑釁的姿勢。

「有什麼問題嗎？」他吼了一聲。

「沒有。」

「那就沒事了。」澳洲胖子拍拍自己毛茸茸的肚皮。「台灣人，請坐。你不必胡思亂想，我也聽說這兒謠言太多。我尊敬你那位漂亮的日本情人，她是這個島上最高貴的女性。法國人對你放過不少臭彈吧！」

「我不搬弄是非！」我斷然向他迎戰。如果眞正打架的話，我想我大概還不至於吃虧。

「那就沒事了。」澳洲胖子又　啪啪拍一陣肚皮。

「那隻法國青蛙（註：法國人常被其他歐洲人喻爲青蛙，含侮辱之意。）目中無人，我得給他點教訓。」他就著瓶口喝一大口酒。「搶女人應該憑眞本事——台灣人，說到這裏，我對你表示敬佩，你怎麼有辦法吊得上那麼一個美麗的動物。再說到青蛙，我前天被一個皮條客騙走大把鈔票，警察請我去指認罪犯，後來我們跟警察跟罪犯做朋友一起喝酒，罪犯掏腰包消災，還特別找一個大胸脯陪我過夜。就是這麼簡單！沒想到法國青蛙爲了報一箭之仇，居然說什麼什麼——什麼？」

「好像是特務？」我說，反正不必瞞了。

「對，印尼特務。他抬舉我，我也想做。剛才我向旅館主人打著特務的名號要求減房租，你猜結果如何？」

「如何？」

「還眞有用，我長期住宿想打八折，他居然自動以巴里島大減價的標準，對半對半，另加每天免費供應啤酒一瓶。這就是第一瓶酒，哈、哈、哈！」

澳洲胖子仰天大笑，我可聽得傻了眼。

「你向別人自認是印尼特務？」

「有什麼不可以！」澳洲胖子得意的說，「這是印尼人覺得光榮的事情，何況，如果出了紕漏，找法國青蛙算賬。我呢？收獲成果。台灣人，我現在是大人物了。剛才我跟旅館主人的女兒開口約會，你猜如何？」

「如何？」

「她答應了！」澳洲胖子說，「他媽的小婊子，只不過有一個條件，不能讓她爸爸知道。哈，哈，哈。」

澳洲胖子喝完那瓶啤酒，打算上樓睡覺。

「那個罪犯的女人太厲害了！」他打著呵欠。「她比那隻法國青蛙的女人還厲害，比一個鋼製的夾子還厲害，幾乎把我那玩意夾斷。台灣人，你該去見識見識！」

原來他跟法國神經之間的仇恨，是這樣子結成的。

澳洲胖子剛走，法國神經緊張兮兮的溜了進來。他顯然不想計較前一天跟我發生的不愉快，捱在我的身邊坐下。

「我看到那個死胖子剛才跟你在密談，就是坐在我坐的這個位置上。你瞧，椅子還是熱的！」他說，好像查到贓物了。

「沒錯，不過不是什麼密談，我也不是特務。」我差點開口罵人。

「那個死胖子被釋放了嗎？」

「你看到了。」

「哼！」法國人冷笑一聲。「果然如我所料，我早就料到會有這麼一招了。」

「你料到什麼一招？」

「這你還不明白？事實擺在面前，太明顯了。請問，死胖子怎麼能夠釋放回來？」

「他不是特務啊！而且──」

「他不是特務難道還是善良的老百姓嗎？我告訴你，他能夠釋放，顯然跟印尼當局做了某種妥協。」

「什麼妥協？」

「譬如交出自己的組織，提供反情報，等等、等等。」法國人得意的說，「所以呀，他即使從前不是特務，現在也變成印尼眞正的特務了。你可得謹愼一點，少跟他來往。台灣朋友，連酒店主人也確定他的眞正身份了。」

我簡直不敢相信自己的耳朵，這個傢伙是不是瘋了？

「據我了解，恐怕不是你所說的那樣──」

我想把澳洲胖子的實情向他解釋一番，但他打斷我的話，不讓我說下去。

「噢，台灣人，你對特務這一行實在太沒有概念了。死胖子絕對是印尼特務，你看他每天坐在角落上觀察旅客，打探消息。還有，我開始懷疑他可能是愛斯基摩人。你仔細觀察一下他的臉型，就會同意我的看法。他跑到巴里島的另一個原因，大概是北極太冷。」

「也許是外星人！」我覺得自己也快要瘋了。

「請你不要跟盟友唱反調！」法國人不悅的說。

「你爲什麼不直接問那個死胖子？」我質問他。

「這個嗎？」法國人翻著白眼說，「我們是愛好和平的民族，不跟野人打交道。對不起，我必須走了。今夜我將有一個非常浪漫的約會。記住，離那個野人遠一點。再見！」

「很高興和你談話。」我累倒在椅上。

可以說謊
可以愛

一個自助旅行的大浪漫

19 我給了她那個謊話

就是在那一天夜裏，後來她固執的面對著牆壁。我知道她要的是什麼——即使那是一句謊話，也能讓她無怨。一句謊話！一句謊話能支撐她懷著鄉愁趕赴另一個更重要的約會。

有一句俗話說：「太陽底下沒新鮮事。」我原來不甚了解，卻在法國人和澳洲胖子的身上看到了。

真的沒什麼新鮮！

有一天，我醒得比較早，下樓想吃一頓早餐，卻發現早餐時間過了。餐廳裏照常坐滿閒聊的旅客。我避開知子那一桌，選了另一個擁擠的座位。

我沒有食物、也沒有咖啡，正在思量著怎麼辦，那個面孔精緻的澳洲女孩，呼叫小鬍子給我送過來一份麵包、甚至有一杯半熱的咖啡。

「這是知子的那一份，她不想吃。」澳洲女孩轉身做了個解釋。

我向知子望去，她避開我的視線，繼續跟別人談話。當然，我已經聽到一些閒話，她最近很少出門，整天坐在花園中，觀察一些花兒、草兒、蟲兒什麼的。也許很快便不食煙火了。

然後，我發現澳洲胖子和法國人，眉開眼笑，勾肩搭背的走了過來。

我張大了嘴。

澳洲胖子朝著餐廳掃了一眼，大概發現別無空位，便拉著法國人直奔知子那一桌。這兩個傢伙最大的長處是，他們總能把一個場所攪成熱烘烘的一團，相反的，也有本事把一個熱烘烘的聚會打散。

兩個人剛坐定，同桌的旅客紛紛藉故走避，把座位都空了下來。澳洲胖子志得意滿的拍一拍肚皮，向我招手。我懷著好奇移了過去。

「我和法國兄弟純粹是一場誤會！」他笑嘻嘻的說，「大家又變成好朋友了。台灣人，如果你不反對的話，我們準備搞一個他媽的終生難忘的派對慶祝慶祝。好東西大家共享，我們喜歡你，請問你可願意賞臉嗎？」

法國人連忙幫腔。

「他是好人、你是好人，我也是好人，大家都是有良心的好人，我們玩女人從來不耍賴，還另加小費，援助落後地區婦女；台灣人，我們都愛好和平，應該左右不分大團結。歡迎參加聯盟軍！」幾近語無倫次了。

「他不是特務嗎？」我覺得不甘心。

「這只是個笑話！」法國人死硬的爲自己辯解。「你們東方人是好人，可惜少許的、缺乏那麼一點兒幽默感。他是特務嗎？呵、呵、呵。你對特務這一行眞的是太欠缺概念了。」

「沒關係，我是特務。」澳洲胖子則吼著說，「我跟警察和罪犯是一家人，我們前天一起喝酒玩女人，酒店主人也給我減租了。如果你也想減，我通知他。他媽的我現在的社會地位跟從前不同了。」

聽他的口氣，他跟警察以及罪犯一起喝過酒玩過女人之後，眞的覺得自己高人一等了。

不過，轉而一想，這兩個傢伙其實也不算太差勁。如同法國人所說，大家都是愛好和平的好人。澳洲胖子也許霸道一點，法國人也許神經一點，但這並不排除他們於世界上好人之列。別的也許不成，做個酒肉朋友絕對夠格。那麼，又何妨湊在一塊，搞一個什麼他媽的終生難忘的派對呢？

艾寶寶！我告訴自己，你飛了這麼遠的路程，難道也想跟那個奇怪的京都女子一般，或者是窩在床上看卡夫卡、或者是趕赴一個什麼約會的對話、或者是獨自坐在花園中觀察那些花兒草兒蟲兒嗎？

什麼什麼什麼……

那天夜裏，我們三人共乘我租來的那輛大型摩托車，一路上狂呼亂叫，有如瘋子一般橫掃巴里島上大大小小四、五家CLUB。

而澳洲胖子自製的特務品牌，居然也發揮作用。我們在RAYA路上遭到一名制服警察的攔截，本來要罰款，但是澳洲胖子向他報了個一同喝過花酒的警官的大名，警察立即向他舉手敬禮，放我們一馬。

法國人的腦筋動得更快，他鄭重提出邀請，希望那名警察暫時放棄崗位，跟我們一起去瘋。

「這是最佳護身符！」他跟我咬耳朵。「好極了！我們有警察護衛，喝酒玩女人都可以打折。呵、呵、呵！」

他把自己那個援助落後地區婦女的計劃拋到腦後了。

警察對這份意外的邀請頗爲心動，他立即脫下制服，並一度繳械，把配槍暫時交到澳洲胖子手上。澳洲胖子手持加拿大45式，興奮的手舞足蹈。我擔心走火，連忙低頭閃避，嚇出一身冷汗。

遺憾的是，警察雖一試再試，摩托車實在擠不下四名大漢，最後只好放棄。於是，他又穿上制服，收回武器，一場鬧劇始終於焉結束。

「太遺憾了！」法國人說。

「各位長官大人，機會很多，我們後會有期。」警察舉手敬禮。

「留下名字和電話吧！」澳洲胖子狂妄的說，「我會交代你的上司，你服勤認眞，敦睦邦交，富有成果，應該考慮升級或至少加點兒薪水。」

我們先到Kuta區，喝遍、玩遍001、SARI、NEW BOUN、DOUBLE SIX等地，澳洲胖子和法國人交遊廣闊，沿途又網羅不少別的喜歡湊熱鬧的好人，組成一個小型的各色人種好人聯合雜牌軍。法國人說得好，夠得上轟炸波斯灣的陣勢了。

半夜三點多，一夥人個個醉得不辨東西南北，忘記祖宗八代。法國人捲著舌頭又提出新的見解，他聲稱澳洲胖子其實是法國人，享利六世或八世時代英國打仗雜交衍生的一支旁系，身上流著法國人高貴的血液，他的祖先是犯了政治罪被驅逐到澳洲開拓新世界。

澳洲胖子也覺得有理，兩人熱烈擁抱。至於我，則扮演類似台灣國民黨的大掌櫃角色，每次結帳，基於台灣人的經濟奇蹟和虛榮心，多半我來掏腰包。反正幾瓶啤酒而已，又不是買下馬其頓共和國。此外，這大概與酒有關，我向來尙稱冷靜、理智，不過幾瓶啤酒下肚後，想像空間便無上限的增大。我自許這是爲國爭光，尤其具拓展務實外交空間之效，說不定回到台灣還能從總統手上領個獎哩！

這可不是胡思亂想，在一個所謂創造經濟奇蹟的地方，什麼奇蹟都會再創造出來。有案底的黑道大哥、待罪入獄的地方長官、官商勾結貪污的各級民意代表，都有辦法逍遙法外，且臉不紅、氣不喘的高唱「相信司法公正」、能夠「最終還我清白」的台灣小調。

也許有人覺得我滿嘴胡說八道，其實不是笑話。你沒像我喝得那般大醉，你是不能理解的。而台灣上上下下、包括擁有大權力的人物，每天醺醺大醉的可多了。

我們征服KUTA區之後，澳洲胖子忽然提議，到巴里島最高級的NUSA DOA區鬧場。當然獲得一致認同！遺憾的是，那邊的警衛不把這個雜牌的聯合軍放在眼裏，還沒鬧出名堂，便被驅逐出境。

其實，大家鬧得也夠累了。於是，各自分別帶著臨時湊對的性伴，找地方落腳。澳洲胖子自作主張，替我物色一個土著女孩，據說是一家酒吧的選美公主。

「50% OFF，我跟她的皮條客講定了。」澳洲胖子說，慷慨的補上兩句：「你如果不中意的話，跟我共用一個也可以。不是蓋的，我那個當選過兩次皇后。」

我望一眼那個土著女孩，覺得自己說什麼也無法做出這種事情。這個所謂的選美公主，看上去在養雞場選健康雞仔都不夠格。她根本發育未全，高度僅及我的腰部，倒像一隻飽受驚嚇的小麻雀。

我把摩托車丟在路邊，獨自搭計程車走了。我那天喝得可眞是他媽的夠多，烈酒混合啤酒一杯接著一杯，喝得可是眞他媽的夠醉。車抵SIWE門前時，我打不開車門，往前一倒，又往後一仰，竟幾乎下不了車。

我跌跌撞撞的走進房間，看到燈未熄滅，知子側臥在床上。

我又嗅到那一股令人怦然心動的體香，那時，我全身的每一根神經，早被情慾的火焰燒得又乾又焦。我渴望知子肉體的慰籍——唯有她能！而且，我確信即使在她那般優雅的肉體內，同樣可以燃起強烈的火焰，只待有人能否把它點燃而已。

就是在那一天夜裏，後來她把我推開，固執的面對著牆壁。我知道她要的是什麼——即使那是一句謊話，也能讓她無怨。一句謊話！一句謊話能支撐她懷著鄉愁趕赴另一個更重要的約會。

我給了她那個謊話！

20 無聲的吶喊

有誰敢大聲說自己沒說過謊話？我們從牙牙學語，到成年進入社會，又有那一天沒有聽、或說一些。然而，我們有時甚至必須依賴著謊話才能活下去呀！

謊話雖然是必須說的，但卻無法抗拒一次內心的自我的審判！

入夜後，我走進SARICLUB，繼續逃避良知的追捕。

我從不曾感覺自己如此可鄙！那種感覺，痛徹心肺，且竟日不能稍減！

那天清晨，我像個罪犯似的，慌張逃出SIWE的大門。

我沒有勇氣再面對知子，甚至羞於看到其他任何人。走過大廳時，我看到餐廳裏坐滿著進餐的旅客。我迅速掃了一眼，知子也在座。她依舊跟那兩個澳洲女孩同桌進餐和談笑，而且一副彷若無事的神態。

這讓我感到更加痛苦和內疚！

我低頭疾走，一度彷彿聽到法國人向我喊叫，但我不敢理會。走出大門、左轉，看到小女孩照常手挽一個竹籃，在花園中摘花。一切如常！然而，我已經變成殘忍而醜惡的罪犯。或者是野獸！

我整天都在南灣的海灘上茫然徘徊，後來，我遇到那個爪哇男孩。他把我拉到一個陰涼處，操著他那特有的日本九州女性的語調，向我訴說他消逝的戀情和所受的屈辱。

他現在不再做任何掩飾了。他承認那一段所謂的戀情，都是用謊話來堆砌的。而且，這兩年來，他明知自己是活在九州女子的謊話裏，卻從來不願意承認。

他絮絮叨叨，說個不停。但是，我幾乎一個字也聽不進。我只感到厭煩！包括他那特有的九州女子的腔調、他那愁悶難釋的表情，甚至他那單純而樸實的心地，都讓我厭煩極了！

他爲什麼如此厚顏的向一個陌生人訴苦？我心裏想，不過是從女人嘴中說出的一個謊話而已。有誰敢大聲說自己沒說過謊話？我們從牙牙學語，到成年進入社會，又有那一天沒有聽、或說一些。我們有時甚至必須依賴著謊話才能活下去呀！

譬如知子——即使是聰慧、堅強、美麗如知子！問題只在於說謊話者有無罪惡感、或者是那個聽謊話的是否心甘情願。

我承認自己是很少有所謂罪惡感的，然而，在女性的知子面前，我變得軟弱了。我說了謊話，雖然那是必須說的，但卻無法抗拒一次內心的自我的審判。

入夜後，我走進SARI CLUB，繼續逃避良知的追捕。

我擠到櫃台邊，那個白臉的酒保立刻把我認了出來。

「你今天沒買大雪茄，不靈驗嗎？」

「不，今天不想買。我沒有那種心情。」

「試試快樂丸吧！」酒保熱心的說，「那種玩意保證讓你有各種好心情。或者是用一點點安非他命？我有個朋友——」

「你看到莎莉嗎？」我打斷他的話，不想再跟他胡扯下去。

「你問得好，她也向我問過你。」酒保對我做了個曖昧眼色。「怎麼樣，那個馬子在床上夠辣吧！」

「我倒想問問你。」

酒保連忙搖頭。「不開玩笑，她是這兒的貴客，我擔當不了。說到這裏——你回頭看，有人站在你身後想算舊賬了。」

我一回頭，果然是她。嗨，莎莉。我感到一陣卜卜的心跳。我說，妳近來好嗎？她搖一搖大耳環。她今天換了一隻棕色的，從我的角度看，倒有點像美國西部影片的吊人索。我告訴她，我很想念她。當然又是謊話。我說我想念得夜不成眠，而且尿床了。莎莉聽得咯咯笑，一副相信卻其實是不相信的模樣。她伸手捏一捏我的腮，扯一扯我的耳朵，接著給我一個熱吻。她說，她喜歡聽我的謊話，很有趣。你眞的尿床了嗎？噢，可憐的寶貝、可愛的小壞壞。你下面那個尿床的玩意現在可好嗎？

如此這般。

我覺得奇怪，怎麼我在知子面前總是感到喉頭發乾，甚至吞嚥著口水說不清楚一句話，但在莎莉面前不同。我變得思路敏捷，黃腔有如活水，簡直可與脫口秀的主持人相比了。

還有，知子和莎莉這兩個女孩，同樣讓我心動，也同樣燃起我內心情慾的火焰。不同的是，我覺得一想到情慾的話，對知子是一種不可原諒的褻瀆。而放在莎莉的身上則理所當然——如果我不那麼想，恐怕反而對莎莉像是一種侮辱了。

於是，我就說，妳剛才說尿床的那玩意嗎？其實它除了撒尿還有更好的用處。妳想不想多了解一下？莎莉一聽，笑得半彎著腰，笑得大耳環一陣搖盪，笑得眼淚都流出來了。

「小白臉，你眞壞！」她咬著嘴唇白我一眼。「再說下去，我要濕了。」

說罷，她居然伸出小手，朝著我的下部一把揪住，把我整個人給癱瘓在椅上。

「上帝！」酒保呻吟了一聲，說，「我沒看見！」

他誇張的摀著肚子走開了。

十分鐘後，我們走進一家簡陋的小旅館。一進房間，莎莉便搶先把全身脫了個光。

她赤裸的站在我面前，雙手——啪啪的拍打著豐滿的臀部。

「好涼快！」她說，「台灣老虎，你準備上了嗎？」

這無疑是謀殺！

我撲上去，跟她一起纏滾到地上。啊，知子，我該選擇哪一條路？我內心深處發著如此無聲的吶喊！

同時，我把所有的內疚、挫折與空虛，化爲一股怒火，全部對著莎莉的肉體發洩了。

21 沒有哪一件事情是對的

我開始第一次覺悟，我這一路走來，儘管自認有理，其實都是自己欺騙自己。我不能埋怨誰。我看不出自己有哪一件事情是做對了的！

我獨自在那家小旅館裏，沮喪的睡了一整天。飯也沒吃、也無意離去。我不想看到任何人，也不想思考任何事情。我只是需要獨處……

一陣摧折的暴風雨之後，我疲累的倒在床上。我不快樂！噢，不，我從莎莉身上的確感受到一種言語所無可形容的刺激和快感，然而，我不快樂。

我不快樂！

甚至、相反的，我感到更內疚、更挫折、更空虛。我覺得自己彷如正在下沉，一直沉在一個無限的黑暗處。

沒有誰是可以幫助你的，我默默的想著，你必須孤獨的面對自己的困境。還有死亡！人最後終都孤獨的死去，誰也無力幫助。我想知子一定了解，或許那就是她遠走異鄉，深夜苦讀卡夫卡和沙特的原因吧！

我想著、想著、想著——我找不到出路，終於忍受不住發狂似的大吼了一聲！

莎莉受驚的陡的坐起來。她望著我，在好長的一陣沉默之後，終於開了口。

「你好像是一隻發怒的老虎！」她冷冷的說。

「我很抱歉，嚇到妳了。我其實只是……」

「我沒嚇到，只是我也在發怒了。」她下了床。「你不必多解釋，更不必看重你我這個關係。一場遊戲而已。」

「那麼，莎莉心肝，我們再來做愛！」我說，伸手想把她再拉回床上，她避開了。

「台灣人，我不了解你跑來巴里島的目的，不過，我至少知道你不是想藉著做愛享受一份單純的快樂——」

「莎莉！」

「請不要插嘴，我告訴過你，我也在發怒。今夜從一開始，我的感覺便很惡劣。我聽到你喃喃的喊叫著別人的名字，也看到你發怒、粗暴，完全不顧我的感受。我早已忍不下去了。」

我默然無語。

「我其實可以不理會的，不過，我覺得受到侮辱。我只是單純的喜歡你，才跟你睡在這張床上的。你了解嗎？」

「莎莉，我非常抱歉，我不是有意的。」

「不必抱歉，事情不過如此而已。再見！」

她開始穿衣服，我連忙下床，企圖把她留住。

「不要碰我！」她怒叫著，用力甩開我的手。「我不是妓女，不是貪圖你金錢的爛婊子。」

她走到門邊，又轉回身，神色淩厲。

「台灣人，我甚至沒有要求你花錢買保險套，你該滿意的！」

然後，砰——的一聲，她把門反手帶上。留下一片死寂……

我說過，我是一個很少有罪惡感的男人，換句話說，照一般的標準，我的道德觀應該不及格，但唯有對性這件事，我看得十分嚴重。我覺得性是跟其一他切事物不同的。它不止關乎兩個、甚至更多純潔的肉體，更關乎人類最崇高的生命。而知子和莎莉這兩個完全不同的女人，如今給我一個無可比擬的教訓。我開始第一次覺悟，我這一路走來，儘管自認有理，其實都是自己欺騙自己。我不能埋怨誰。我看不出自己有哪一件事情是做對了的！

我獨自在那家小旅館裏，沮喪的睡了一整天。飯也沒吃、也無意離去。我不想看到任何人，也不想思考任何事情。我只是需要獨處。

傍晚時分，這家小旅館的主人不放心了。他是一個瘸著一條腿的嘴利的老人，操著流利的英語。據他自稱，二次大戰期間，他在南洋參加過美、澳聯軍對抗日軍的戰事，至於那條斷腿，倒不是什麼英勇光榮的標誌，而是他在山嶺中想找個方便的地方時，一不留神，剛蹲下去便滾落崖下了。

這條斷腿後來還給他惹來不少麻煩——他娶不到老婆，還曾被日本特務逮捕受刑和坐牢。人生就是這麼的荒謬！

他跑來敲我的門。

「先生，你在房間裏不露面一整天了。」

「有什麼問題嗎？」

他聳聳肩，沒有回答。

「如果你沒有問題，我也就沒有問題。我沒有吸毒，也沒有服毒，絕對不會死在你這個地方。」

「那我倒是不擔心，這個房間不久以前剛死過人，警察會處理的。」他一副輕描淡寫的口氣，其實是想給我加一點壓力。

「那麼你的問題是……」

「房租，該付房租了。我是靠房租吃飯的。」

「好，我給你房租。再見，我很累了。」

他收下房租，仍無意離去。

「很累了嗎？那是當然。」他狡猾的笑著說，「我早上看到過你那位女伴的尺寸，那的確會讓人很累的。」

「再見！」我關上了門。

「順便送你一個免費的建議。」老人在門外叫。「下次帶你的女伴來，提醒她床上聲音不要太大，夜裏很多人被你們搞得不能睡覺。」

整夜都在下雨。這一次是淅淅瀝瀝的，悽悽慘慘的，綿綿不斷的下著。不知道知子在房裏做些什麼？

看書吧？我想。

前兩天，我看到她從外面走回來，手上抱著好大一個裝書的紙袋，大概是剛從書店裏買來的。而依照她近來的興趣，我猜，她也許再選一些馬奎斯、米蘭·昆德拉、乃至於早期的福克納、海明威一類——對，海明威是很好的。人可以被打敗，但必須咬緊牙關，保持尊嚴。

還有貝克特。那倒很符合我自己的心境，不過，我等待什麼？貝克特的等待至少還有個叫做果陀的人名，我有什麼等待？

也許知子會試著看一看亨利·米勒吧？不，她不會的。只是這種想法便讓我覺得難以忍受了。

我東想西想，無力克制，感到非常苦惱。查泰萊夫人的情人呢？天，這是什麼時代了。最後，我逆方向下了一個結論：反正絕對不是櫻桃小丸子那一類。

終於大大的鬆了一口氣！

22 名叫中村的是也

「吾乃此地日本領事館官員，名叫中村的是也。吾官方遵從醫師之命，以及承接尊貴的明司家族之委託，對於貴方之要求，歉難允准。請退！」

有如公告，全部是狗屎官腔！

而他續操日語，且刻意的咬文嚼字，則不外爲了發揮一種冷靜、傲慢的語調。

我冒著大雨返回SIWE，那是又一個晦暗的早晨。

旅客們大半聚集在餐廳裏，揚起一片喧嘩。我揩著臉上的雨水，在通道上與小鬍子相遇。他手上托著一只分送早餐的木盤，看到我走進來，張大了嘴，滿臉驚詫的神色。

「早安！」我嘟囔了一句。

他仍舊張大了嘴，想說些什麼，卻猛然搖一下頭，快步走開了。

接著，整個大廳陷入死一般的寂靜。我本能的猛然轉一個身，朝著餐廳方向望去。那時，我看到彷彿有幾十幾百幾千隻銳利的眼睛，都朝著我身上逼過來。

仍舊沒有聲音，事實上，那種低壓的氣氛，讓我腦際轟然作響，不能再聽到身外的任何聲音了。

我不自覺的向前移動了幾步，又停下來。在那令人窒息的短短幾秒時間，我看到法國人把臉別開，刻意避開我的視線。

有人忽然一把抓住我的胳膊，我不知那是誰，只是茫然跟著他走。

「台灣人，你、你、你……」那是小鬍子的氣急敗壞的聲音。

我終於恢復清醒，剎那間，大廳又復活了。有人發出乾澀的咳嗽聲、有碗盤清脆的碰撞聲、有談笑聲，此起彼落，又匯集爲一條喧嘩的河流。

我等著小鬍子的下文。我隱約意識到，它與知子有關。同時在腦際迅速閃過

一個一個可怕的念頭。

我的腿在抖，不敢再想下去。小鬍子又拖了我兩步，停在樓梯邊的角落上。

「台灣人、你很多天、很多很多天做什麼？」他一嘴埋怨的口氣。

我無法回答，只能耐心等他說出主題。

「你知道嗎？你那漂亮的日本情人，唉！」他用力跺一下腳。「那麼可愛的日本情人，她是你的情人啊！」

我不能再否認。

「她怎麼啦？」我竭力保持鎮定。

「台灣人，你是一個、非常的、非常的沒有……沒有……」他急得又揮舞著那條無形的鞭子，努力思索一個適當的字彙。「唉，沒有、你是非常的沒有……

「感情？還是責任？」我設法幫他找出他心目中的字彙。

「對，感情、也是責任，都對。」小鬍子大喘一口氣。「台灣人，我對你說，你很聰明，但是，你非常非常的沒有感情。以及、沒有責任。你知道發生了可怕的事情嗎？」

說著說著，他又把我往前推了一把。我緊捱著牆壁，沒有退路了。

「你知道嗎？」他好像要哭，當眞動了感情了。「你的漂亮的日本情人，這兒、SIWE的每一個人都非常喜歡。她非常的病了！她兩天倒在床上、她對別人不說、她不吃食物、她也許快要死了。」

我感到雙腿一陣發軟，不禁搖晃了兩下。

「她在樓上嗎？」

「唉，你幾天做什麼？」小鬍子繼續向我責難說，「我看到、你們不講話。多麼可愛的日本情人。這是可恥的！台灣人，這是沒有……沒有你說的感情、以及，你說的責任。幾天啊！」

我推開他，往樓上跑。

「你問、她在樓上嗎？噢，你是一個非常的動物！」小鬍子在我背後叫。

知子的床是空的，行李箱也不見了。床頭上放著那本日本俳句集，大概是匆忙中忘記帶走的。

我冒雨騎車趕到首府Denpasar一家醫院。我全身都被雨淋得濕透，走進醫院後，一路上都留下一個一個骯髒的腳印。

在知子的病房前，我看到五、六個衣著光鮮的東方面孔、和兩名穿制服的印尼官員，聚在門外。他們以英語、日語及本地的土話，交叉夾雜的討論著一些事情。聲調急促，神色也有些緊張。

有一個外貌英俊、穿一身黃麻亞曼尼休閒服的男士，把我擋在門外。

「對不起！」他操英語。

「我來探訪病人。」我猜他是日本人，用日語回答。

「您是日本人？」

「不，我只是明司知子小姐的朋友。」

那位男士以尖銳的眼光，把我上下打量了一番。我猜想我臉上的氣色、以及全身濕透的模樣，一定讓他很難接受。站在這些高級穿著的男士身邊，更顯得十分札眼了。

亞曼尼沉吟一會。

「你是台灣人？」他突然向我問。

「是的。」

「哦，我聽旅館主人說過。」他從身上掏出一個拍紙薄，鄭重其事的翻開查看。一頁、一頁。「你是艾君吧！台灣的。請問、有什麼貴幹？」

這是明知故問，而且，他的語氣讓我強烈的感受到含有歧視和侮辱的意味。我不禁怒氣上升！

「先生，我對你說過了。請問你又是什麼人？」我改用英語大聲吼，惹得那些男士都驚訝的朝我望過來。

亞曼尼直直的挺立在我的面前，一副不爲所動的姿態。接著，他用日語像唸祭文似的說：「吾乃此地日本領事館官員，名叫中村的是也。吾官方遵從醫師之命，以及承接尊貴的明司家族之委託，對於貴方之要求，歉難允准。請退！」

有如公告，全部是狗屎官腔！

而他續操日本語，且刻意的咬文嚼字，則不外爲了發揮一種冷靜、傲慢的語調。

我也能了解，他必須使用日語回答的另一個原因，是由於日本人民多半說英語舌頭打結，無法細膩的表達原意。

說罷，他居然裝模作樣的對我鞠了一躬。

「貴方不允准嗎？」我也用日語刻薄他一句。

「是，請退！」他又改用英語。

這一次我又被日本打敗了！

我頹然「請退」到外廳，枯等三個小時，其間向院方一再探詢及央求，均無功而返。

兩名穿制服的印尼官員，匆忙的乘坐吉普車走了。接著，又有一位外貌嚴肅的日本紳士，和兩位打扮華麗的女性，由數名護衛跟從，疾步直奔知子的病房。

我揣摸不出這些日本人在搞些什麼？知子不過是巴里島上隨處可見的日本遊客，何以竟如此勞師動眾？甚至還有人從嘴裏冒出咭嘰嘰牙的什麼「吾乃」一類狗屎之話，讓人眞難消化。

我越想越糊塗，對知子的病況也越來越擔心。在那個空洞的外廳裏，我坐立難安，幾乎想不顧切一衝進去。

午後兩點多，雨停了。我忽然感到胃部一陣痙攣，想一想，已經接近兩天沒吃什麼東西了。

我跑到外面，好不容易找到一家小店，吃了一大碗麵食，順便買了一瓶「阿瓜」和幾個硬麵包，大約一小時後，又返回醫院，準備跟日本國長期對峙。

剛坐下不久，一位護士匆匆走過來。我見過她。我先前向她探問過知子的病情，但她拒絕回答。她告訴我，她無權、也不能跟我談這種涉及隱私的事情，後來，她還強調了一句，是「日本大官也交代過的」。

「你是剛才詢問日本小姐病情的先生吧！」

「她的情況怎樣？」我急忙問，感到雙腿又在劇烈的抖著。

護士沒回答，遞給我一張寫了幾行日文的紙條。

上面說：

「日本領事館應明司知子小姐及其尊貴家族之要求，通過一項緊急安排，決定護送知子小姐立即搭機返國。明司知子小姐希望將此一訊息，確實告知台灣艾君。

別無！」

這是那個「名叫中村的是也」寫的，紙條則是從他的拍紙薄扯下來的。至於所謂「別無」者，再沒有別的可說也。

紙條上只轉述知子的一個意願，沒有親筆留言。不過，我還是衷心感激那位嘴上掛著「吾乃」的小官兒。他終究從那副漠然的面具後面，送出一絲溫暖的人性。他其實可以不理會我這個渾身骯髒不堪的台灣人。

23 最後的犯罪現場

「台灣兄弟，你等著瞧。我保證再搞一個更他媽的精采的派對，我們他媽的一夥睡一張大床。你說如何？」

「好啊，好啊。」我附和著，同時望著他那張骯髒浮腫的肥臉，希望能找出自己醜惡的影子。

我每看一眼知子那張空床，便有一股強烈的罪惡感，如同決堤之水，衝著我一個接一個浪頭淹過來。

那個可愛的日本瓷娃娃，被我一手打碎了！也許她無悔、無怨，我卻不能自諒、自解。

入夜後，我忽然發起高燒了。我頭痛欲裂，渾身冷得發抖。我病了！終於倒了！精神和肉體都垮了！而在半昏迷的狀態下，上帝更加重對我的懲罰，我依稀看到，在那個深夜裏，知子孤獨熬著病痛的情景，一幕一幕在我眼前閃現……

我翻滾下地，撲倒在空床上。那時，我彷彿又嗅到知子那淡淡的體香。我用力的嗅著、無聲的喊叫著、憤怒的對著自己的頭部捶打著……

當我再度出現在大廳時，我發現那些吃早餐的旅客，有很多是素未謀面的。舊的一批走了，新的一批來了。不過，不管是舊、是新，他們都一樣對我投來一種好奇而冷淡的眼光。我猜想，在我臥病期間，有關我和知子的一些流言，就像傳染病似的，繼續在他們中間散佈著。至於內容究竟有多少是眞實的、或扭曲到什麼可怕的程度，便不是我的能力所及了。

法國人走了。他可能自許爲大情聖，行前連招呼都不跟我打一個。

兩個澳洲女孩遷到KUTA的一家民宿。我後來在街上和她們一度相遇，其中面孔精緻的那個笑著對我眨了眨眼，另一個則裝做不識。而兩個人手上，各自牽著一個馴服的BEACH BOY。好一個歡樂的巴里島！

其實，這是巴里島街頭常見的一景。有時是像兩個澳洲女孩那般女的牽著男的、有時是像澳洲胖子那般男的牽著女的、有時像SIWE的那一對同志，是男的牽著男的。你一眼便能看得出誰是消費的、誰是寄生的。他們大部份是澳洲人、有些是日本人、有些是其他地區的白人、黑人、黃人……

有一次，我問過知子的看法。

「妳可能手上也牽一個BEACH BOY在街上閒逛嗎？」

「你呢？牽著一個土著女孩。」

「也許。」我大笑。

「這並不好笑！」知子說，又回到她的書本上。

依我的觀察，本質上，知子更像日本傳統的女性——充其量不過是披了一件現代的外衣：她不喜與男人爭辯，或即使表達反對的意見，也總是簡單的一、兩句話，恪守日本女性一種分寸。至於你聽不聽她的意見，便與她無干了。

美國研究生不見了。

澳洲胖子倒是裝出一點人情味，他大聲向我招呼，把我喊到他那個別人不太願意接近的角落上。他反正不怕惹人討厭，而加上我這個愛情罪犯，可以組成一個人人走避的山頭勢力了。

「台灣兄弟，我看到你的眼圈是黑的。」他撫著我的肩膀。「不要怕，沒有人敢把你吞掉。其實誰沒有甩過女人？我連老婆都換過幾個了。哈、哈、哈。」

他笑、我也無恥的跟著他笑。

「這就好了！」他嘮嘮啪啪的拍著肚皮。「台灣兄弟，你等著瞧。我保證再搞一個更他媽的精采的派對，我們他媽的一夥睡一張大床。你說如何？」

「好啊，好啊。」我附和著，同時望著他那張骯髒浮腫的肥臉，希望能找出自己醜惡的影子。

小鬍子給我送來早餐，又把我拉到一個牆角上，一副緊張的模樣。

「你聽我說、台灣人，這是我冒著生命的、生命危險的。」他喘一口氣，偷瞄遠處的澳洲胖子一眼。「那個胖子是非常的、非常的可怕。他是間諜，眞正的。他每天跟旅客說一些閒話、你的閒話、知子的閒話。很多、很多、你能了解嗎？」

我能了解，也不了解。

「我喜歡你，所以，我說給你聽。」小鬍子緊張得鬍子上下飛舞。「即使你沒有……沒有……唉，那字是怎麼個說呢？」

「感情。」

「對，你很沒有感情？不過，我還是喜歡你。唉，你那個漂亮的日本情人，台灣人，你怎麼沒有感情。我們對她都有感情啊！」

我無法解釋。

「不過，這件事結束了。」小鬍子緊抓著我的手臂。「我不計較。所以，我們又做好朋友了。」

原來他是希望重歸於好，所以冒著生命的危險，把澳洲胖子也拖了進來。

然後，如我所料，小鬍子換了一個角度，從生意出發了。

「說到你的漂亮的日本情人，台灣人，你知道嗎？你的日本情人，從我的錢包拿走一個很好的、房租的價錢。我要說，她是巴里島最聰明的日本女人了。」

他停下來，開始猛搓著兩隻手掌，等待我初步的反應。

「她很聰明。」

「不過你的漂亮的日本情人，很抱歉的走了。不過，我還是願意、讓你拿到一個很好的價錢。台灣人，請你快樂一點吧！你快樂嗎？」

其實，巴里島在這段期間原本處於觀光旅遊淡季，加上印尼各地發生嚴重動亂，據說旅客已驟減到百分之五十多，他當然希望能從錢包釋放一個所謂的很好的價錢，以便留住旅客。

「那麼，還有一件大事。台灣人，你現在是一隻自由的鳥兒了。」他平伸雙掌，做鼓動翅膀狀。「我非常了解男人！那麼，兩張再併做一張，是否更好？一張大床！神啊，我也許能幫你找一個新的情人，你們一定非常非常的快樂。你說如何？」

我說不出話，尤其無法決定該把他罵一頓、或者是給他一個感恩的擁抱。

「你不必害羞。噢，台灣人，我是旅館主人。」他揮舞著那條鞭子，「每天看到很多、很多。也有比你更壞的男人哩！」

小鬍子的英語文法欠通，字彙也十分貧乏，常常辭不達意。我寧願相信，他當面給我戴上一個「壞男人」的帽子，可能只是一種巴里島式的讚美。我早知道他們對待女性的態度，並不比我高明多少。

所以，我接受了他的讚美。難道我還不算是壞男人嗎？

至於床的合併，我沒有同意。我寧願每天面對那張空床，讓它不時對我的罪行做出各種不同角度的審判。

接下來幾天，我每天一大早出門，深夜始不情不願的返回旅館。每天都是漫無目的四處遊蕩，甚至，我又去過一趟SARI CLUB。我沒有一定的目的，也沒有看到來自雅加達的渾身噴火的莎莉。

我在外面遊蕩，總是感到非常孤獨、非常痛苦、非常寂寞。我從前也是獨自一人四處閒逛，但如今的感受完全不同了。此外，我每到該返回SIWE時，總會躊躇再三。有很多次，我中途改變主意，甚至有一次走到門前又轉身離去。我開始思索一件事，我從前固然每天往外跑，但是內心總覺得有一種牽掛——總是心裏一再催促自己回家。是的，那房間有如一個家；有一個女主人在專心閱讀卡夫卡、或者把我的衣物洗得乾乾淨淨疊放在床上。有一個陽台、有一盞燈，還有一幅土著婦女含著微笑的油畫。我們也許很少交談，不過，屋裏有那個女人、那種香味、那盞燈、還有那些書和畫，便讓我感到非常的滿足了。

這些天來，別人不理會我，我沒有交談的對象，也盡量避免跟別人接觸——對我來說，言語好像是一種丟在庫房滯銷的貨品了。不過我內心倒是不時自己跟自己做著對話。你這個墮落的男人！我罵自己，你難道還看不清楚自己的面貌嗎？或者是，你該回去了吧？不，我不想走。喝點水嗎？也好。你這個爛透了的男人！

諸如此類。

有一天，我閒蕩到Ubud的美術館附近，一時身不由己走了進去。

我又看到那幅油畫。那個看上去表情憂鬱的女人，依然靠在一片陰鬱鬱的藍色前面，雙手支頤，彷彿在等候著一個什麼答案。

我在它面前坐了下去。知子對我說，她跟那個女人是在對話。她們到底講些什麼？我不停的思索著，並且試著尋找他們的話題。然而，許久許久，又是一個徒然。我能了解知子的所謂對話這兩個字的含意，但是我打不開那扇窗戶。我領悟到一個殘酷的事實，那就是自始至終，我根本未能踏進過知子內心的世界一步。

我在這兒是一個沒有任何心靈約會的人！

我在美術館內徘徊許久，一無所獲，倒是準備離去時，老天送給我一份意外。

有一個女孩走到我身邊，對我低聲喊了一聲。

「大偉！」

我不覺得認識她，我費力的搜尋腦際，沒有答案。

「莎莉！」她微笑著說。

哦，莎莉，當然。她卸去一身的濃妝艷抹，打破了我對她的刻板印象，變成另外一個人了。

「妳怎麼跑到這兒來？」我感到不可置信，她應該在煙霧瀰漫的酒吧，或者是尖聲鬼叫的床上才對。

她大概對我的看法也跟我對她是一樣的。

「你呢？」

我無法回答。我們互相凝視著，陷入一陣尷尬。

「莎莉，我非常非常的抱歉！」我設法打開僵硬的氣氛。「妳聽我說，不管是什麼理由，我覺得我眞是太爛了！」

莎莉好像鬆了一口氣，做了一個友善的制止的手勢。

「不，那已成爲過去了。」她緩緩的斟酌字句。「我們在生活中……噢，總是會遭遇一些無可奈何的事情。我能了解，眞的。你還沒打算回國嗎？」

「最近幾天吧！」

「哦，我也一樣。」

「雅加達？」

「是的，我準備繼續我的學業，我是學美術的，今天算是溫習一下功課。一種情緒吧！」

「聽說雅加達仍舊不安定？」

「這正是我想回去的一個主要原因。」莎莉臉上忽然浮起一層陰影，彷如油畫上那個憂鬱的女人。「我不能再逃避了。你知道，故鄉就是故鄉。」

我知道。我有同感，不管什麼理由，即使是死亡，遊子總是遲早要返鄉的。

「好啦！」莎莉很勉強的笑了笑說，「台灣老虎，改天找時間喝咖啡吧！」

「是的，改天吧！」我說。

其實，她了解我也了解，我們不會再見面了。

二月十一日，我揮別巴里島，返回台灣。

再過兩天就要過春節了。台北到處烘托著一片準備節慶的氣氛，不過，這跟我何干？我仍舊是我，一個叛逆的、不自省的、自以為是的——一個爛透了的傢伙！

我沒有什麼改變，只是被巴里島的烈日曬得黑了些。我繼續過著自己無業遊蕩的生活。

24 尾聲

看完那封信，出乎意料之外，我心裏並無太大波動。莎莉對我說過，人生總是會遭遇到一些無可奈何的事情。她說得對！

有一天，那是返家後一個多月了，我終於打算整理一下丟在牆角上的大背包。我找到知子在門邊遺落的那本書——她在SIWE常常翻閱的日本俳句。

我打開書，翻了幾頁，陡的感到心頭一陣劇烈的震盪。接著，我軟弱的跌坐在椅上。

我看到有一條俳句用紅筆圈了起來，右上角劃了一個箭頭，簡單的寫著「艾君」二字，另一角則落著知子的簽名。

俳句的翻譯大意是：

「池塘映照著蒼白月色

青蛙噗通跳入了水底」

日本俳句只具簡單的兩行，是一種非常精緻和細膩的文學，外人不易領會它的境界。我琢磨許久，只得到一個模糊的概念，大概我是她心目中那隻打破寂靜的青蛙吧！

噢，知子！我心裏不禁大聲喊叫著，頓時熱淚盈眶。她終究還是不能割捨的給我留下一個訊息！

噢，知子！

我滿懷著叛逆跑了一趟巴里島，卻陷入更大的迷惑和困境。往前看，我沒有路；再回一下頭，幾乎沒有一件事不是錯的。

我覺得我必須認眞的做一件事，那就是眞正的進入知子內心的世界。這可能是對她、也是對我自己唯一能做的了。

我開始重返幾年前的閱讀生活。我跑進書店買回一批一批的書籍，包括我從前溫炙多遍的沙特、卡謬、貝克特、海明威乃至於馬奎斯、米蘭．昆德拉、大江健三郎……一本接一本，更細、更深的去體會。

接著，我把這些拋開——你不能永遠抱著一些破碎了的不放；我又從書櫃中找出一些大學時期破舊的課本。一本接一本……

有一天夜裏，我聽到爸和媽在客廳裏閒聊。

「你有沒注意，咱們兒子很少在家裏晃來晃去了。」

「他又去撿紅點贏鄰居太太的錢嗎？」

「唉，扯到那裏，他整天關在房裏讀書，我問他怎麼又讀書，你猜他怎麼回話？」

「我不要猜。」老爸不滿的說，「我永遠猜不透他。他怎麼回話？」

「他說……讀個博士總可以吧！你知道他講話一向那個調調，眞眞假假叫人不懂。看書倒是眞的！」

「他對妳這麼說？」

「對，我們這個兒子可不笨。他讀書好，賭博也贏。他如果是說眞的，一定做得到。」

「如果真是他說的，」老爸忽然興奮起來。「我告訴妳，賣了房子也願意送他到國外。我們用不著賣家產吧！」

三月末我收到一封遲來的信函。它是從日本京都郵寄到巴里島，再經由SIWE的主人轉到我手上的。

我顫抖著手，小心的拆開信函。我覺得如今自己也像是那一池在蒼白月色下的寂靜的池塘了。

信上是滿紙筆力猶勁的毛筆字。意外的是，它是經過刻意翻譯的中文，大概出自受過些許中國經書教育的老華僑吧！

艾君：

小女知子已於公元一九九九年二月七日不幸逝世，生前一再叮嚀家人，務須專函向閣下告知，並順此對旅途中一切體貼關顧，鄭重表達感謝之意。

知子乃吾家獨女，個性內歛、善感，但特具自主觀念，深得長輩喜愛，唯因長期罹患血液疾病，遍訪名醫，未獲改善。伊自知不久於人世，乃有此次巴里島旅行之議。家人不忍拂其意願，斟酌再三，終放任獨行。今回顧及此，實爲一大錯失，長久難以心安也！

閣下若有餘暇，容余冒昧邀請，至誠歡迎至京都舍下一聚，家人渴盼閣下能列舉相告，有關於知子大終前一切生活狀況，實五內銘感！

謹告知如上。

知子之父明司月光拜啓

*

看完那封信，出乎意料之外，我心裏並無太大波動。莎莉對我說過，人生總是會遭遇到一些無可奈何的事情。她說得對！

而你也必須勇敢的面對，並且不許它再不斷的觸動你的傷痕。

青蛙噗通的跳入了水底嗎？我能了解它的涵意了。知子當然早就明白。她明白哪些會來、哪些是該去的。我確信，她死前沒有任何怨尤。她返回了熱愛的故鄉，並且如願完成最後一個、也是她一生中最重要的約會。青蛙嗎？只是一個意外插曲而已！

我想起那個深夜——那個令我羞恥和痛苦的一夜：外面狂風驟雨，我喝得大醉，進入房間後，便如同野獸一般撲倒在知子的身上。她沒有抗拒。那時，情慾的火焰把我燒得發狂，我粗暴的剝掉她身上僅有的一件褻衣——我過去所有的幻想都呈現眼底了！我看到白如凝脂的肌膚，小小的堅挺的乳房，它劃著一條優美的弧線，延伸至平坦的腹部和私處……

我放肆的探索她肉體的每一個隱密的部份，然後，我毫無憐惜的開始對她蹂躪著，發洩著、並且殘忍的啃噬她剩餘的屍骨！

後來，我慷慨的給了她想要的那句謊話。我聽到她發出一個輕微的嘆息，有如一片枯葉飄飄搖搖落在我的胸上。

我沒有到京都去，也不想去。那是沒有用的。徒然的，徒然添一個傷感的符號而已。

噢，知子！也許我們應該把結局安排得更好些？

THE END！

小魔女系列1

電眼小魔女魔法書

◎費心打造窕窈身材，不如迷人眼神有說服力，本書告訴妳散發迷人光采的祕訣。

◎分星座篇、面相篇、靈數篇、基本保養篇，讓妳知己知彼，馬上搖身一變成為電眼小魔女。

◎附有六張精美符咒，誠心祈禱萬事如意。

第一本專門針對眼神的教戰手冊

如果希望

★吸引衆人目光

★愛情成功

★工作順利

★婚姻幸福

★人際關係圓滿

眼睛是妳不可不注意的保養重點

出版日期：2000年4月1日出版
劃發帳號：19329140
户名：恆兆文化有限公司
定價：199（郵購不另加郵費）
全省各大書局均售 洽詢電話：02-87911899

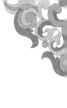

國家圖書出版品預行編目資料

可以說謊，可以愛：一個自助旅行的大浪漫/艾閃作，——初版。——台北市；恆兆文化，1999【民88】

面；　　公分。——（恆兆叢書。文藝：1）

ISBN 957-97844-0-X（平裝）

857.7 88006615

可以說謊 可以愛

一個自助旅行的大浪漫

作者　艾閃
責任編輯　鄭如君
校對　艾閃、鄭如君
發行人　張正
出版　恆兆文化有限公司
台北市吳興街118巷25弄2號
電話：02-87911899　傳真：02-87920866
發行　媒體工房股份有限公司
台北市內湖區成功路2段512號10樓之1
電話：02-87911899　傳真：02-87920866
劃撥帳號　19329140　恆兆文化有限公司
封面設計　施心華　九石設計公司
媒體企劃　林春江
總經銷　農學社股份有限公司 電話：02-29178022
售價　180元
1999年12月15日初版
ISBN 957-97844-0-X